AF498519

Stanislaw Przybyszewski

Satans Kinder

e-artnow 2018

Willy Seidel
Der Gott im Treibhaus

Iwan Sergejewitsch Turgenew
Phantastische Erzählungen aus dem Grenzgebiet zwischen Realem und Irrealem

Hanns Heinz Ewers
Alraune. Die Geschichte eines lebenden Wesens (Mystischer Roman)

Hanns Heinz Ewers
Der Zauberlehrling oder Die Teufelsjäger

Franz Kafka
Das Schloss

Jeremias Gotthelf
Die schwarze Spinne (Horror-Klassiker)

Fjodor Michailowitsch Dostojewski
Die DämonenDie Besessenen: Dostojewskis letzte anti-nihilistische Arbeit (Ein Klassiker der russischen Literatur)

Fjodor Michailowitsch Dostojewski, Edgar Allan Poe
Gesammelte Teufelgeschichten: Die Dämonen + Die Elixiere des Teufels + Die schwarze Spinne + Die vier Teufel + Bon-Bon + Das Flaschenteufelchen

Hermann Ungar
Die Verstümmelten

E. T. A. Hoffmann
Der Sandmann

Stanislaw Przybyszewski

Satans Kinder

e-artnow, 2018
Kontakt: info@e-artnow.org

ISBN 978-80-273-1880-3

Inhaltsverzeichnis

Dem Maler
Edvard Munch
in herzlicher Freundschaft gewidmet

Der König vom neuen Syon

I.

Gordon beugte sich weit vor und sah Ostap mit scharfen, unruhigen Augen an.

»Du mußt es tun, Ostap, jetzt darfst du nicht mehr wanken, du hast einmal zugesagt; jetzt ist es zu spät.«

Ostap sah ihn wie verständnislos an, besann sich aber und sagte:

»Nein, ich kann nicht! Verstehst du? ich kann nicht!«

Er wurde sehr bleich und sein Gesicht zuckte.

Gordon lehnte sich in seinem Stuhl zurück.

»Du mußt!« sagte er.

»Ich will nicht!« schrie Ostap rasend auf. »Ich will nicht! Bist du denn kein Mensch? Verstehst du nicht, daß es sich auch nebenbei um meinen Vater handelt? Verstehst du nicht: sobald er mir verrät, wie der Schrank geöffnet wird, wird er zum Mitschuldigen!«

Gordon lächelte.

»Wenn nichts weiter im Wege steht als ein Vater…«

»Was? Was meinst du damit!«

Gordon lächelte wieder.

»Du bist doch ein sonderbarer Mensch. Manchmal bist du scharfsinnig wie eine Lanzette und dann wieder sentimental, weich und lächerlich wie eine Jungfrau. Was heißt das eigentlich, Vater? Willst du mir mit dergleichen Gründen kommen? Du meinst wohl einen Herrn, der dich trotz seines und deines Willens erzeugt hat? Ha ha ha … Du hast ihn doch nicht darum gebeten, wie? Das Leben ist wohl kein solch übermäßiges Vergnügen – heh? Übrigens hab ich keine Lust zu philosophischen Disputen. Du mußt es tun und wirst es tun! Das ist ja lächerlich, das mit dem Vater! … Willst du Tee oder Grog haben?«

Ostap setzte sich hin und sah stumpf zu Boden.

Sie schwiegen lange.

Gordon rauchte eine Zigarette und sah Ostap beständig an.

»Nein! ich kann nicht!« Ostap sprang auf und begann hastig auf und ab zu gehen. »Ich kann nicht mich und meinen Vater zu Grunde richten.«

»Das wird kein Mensch erfahren.« Gordon wurde ungeduldig. »Kein Mensch wird erfahren, daß du die Schlüssel in die Hand bekamst, und kein Mensch wird auch nur ahnen können, daß dein Vater dir gesagt hat, wie der Schrank geöffnet wird … So dumm bin ich nicht, und du bist mir viel zu nötig, als daß ich dich einer solchen Lappalie wegen zu Grunde richten sollte … Der Schrank wird nachträglich erbrochen werden.«

»Gott, wie du schlau bist!« Ostap stellte sich höhnisch vor ihn hin, aber im selben Nu fing er von neuem an nachdenklich hin und her zu gehen.

»Übrigens wird es niemandem einfallen, nach dem Schrank zu suchen.«

»Wie, wie?« Ostap stutzte. »Was willst du denn mit ihm machen.«

»Laß das nur meine Sorge sein; du weißt, daß ich mit solchen Kleinigkeiten fertig werde.«

Gordon erhob sich ungeduldig, setzte sich aber wieder hin.

Ostap lachte boshaft auf.

»Und wenn ich es doch nicht tue?«

Sie sahen sich gehässig an.

»Du fragst, was dann?«

»Ja!«

»Nun, die Konsequenzen kennst du ebensogut wie ich … Hier, trink Tee; nein, nimm lieber Rum … ist dir kalt? Du zitterst.«

»Ja, ich habe mich erkältet. Es regnet ja beständig.«

Ostap trank hastig und rieb sich lange die Stirn.

»Es war mir interessant zu sehen, wie du eifrig wurdest.«

»Vielleicht nur deinetwegen...« Gordon lächelte.

Ostap sah ihn finster an, sagte aber nichts und verfiel bald in ein stumpfes Grübeln.

»Was soll ich mit dem Hund machen?« fragte er plötzlich.

Gordon sah ihn verwundert an.

»Der Hund? Nun, es freut mich, daß du an die Details denkst ... Der Hund wird natürlich vergiftet werden. Ein bißchen Teig mit Fett gebacken und mit nux vomica vergiftet ... wie?«

»Du scheinst gut Bescheid zu wissen«, lachte Ostap feindselig.

»Hast du das noch nicht gemerkt? Bist du ein einziges Mal bei unsrer Arbeit in Gefahr gekommen? Ich bin übrigens sehr erstaunt über dich. Noch vor zwei Tagen warst du vollkommen einverstanden ...«

»Hast du denn Angst, daß ich den Plan verrate?« fuhr Ostap wütend auf.

»Nein, das nicht. Aber ich glaube, daß du krank bist. Dein Gehirn hat Schäden ... das Weib richtet dich zu Grunde. Du bist ein schwacher Mensch ...«

Gordon sah ihn nachdenklich und sehr ernst an.

»Du bist ein schwacher Mensch«, wiederholte er.

Ostap blieb stehen und sah lange und ungewöhnlich traurig Gordon an.

»Nein, du ... ich bin eigentlich nicht schwach, ich bin nur sehr, sehr müde.«

»Müde?«

»Ja, müde! Und wenn man müde ist, dann hat man Angst vor jeder Tat. Ich habe sie bis jetzt nicht gehabt, aber jetzt bin ich müde. Man sucht unwillkürlich nach Ausflüchten, nur um nicht derangiert zu werden. Ich weiß ja eigentlich, daß du die Sache überdacht hast ... Ja richtig, die Kasse ist mit einem Weckapparat verbunden ...«

»So mußt du natürlich die Leitungsdrähte durchschneiden.«

»Ich?«

»Ja, du!«

»Nun, meinetwegen ... Aber was wollt ich doch sagen? Ja, siehst du, ich bin müde. Ich habe mich gefragt, wozu wir das alles tun. Wozu?«

Er sah mit einem kranken Lächeln auf Gordon.

»Wozu? Erwartest du eine Antwort?«

»Antwort? Hm, nein – eigentlich nicht ... Die Grundbedingungen einer Tat müssen ja vorhanden sein, nicht wahr? Haß oder Liebe. Ja, Haß oder Liebe ... aber zu wem?«

»Meinetwegen zu sich selbst.«

»Aber wenn man dies Selbst verloren hat?«

»Dann tut mans, um es wiederzugewinnen.«

»Aber wenn einem nichts daran liegt, dies Selbst wiederzugewinnen?«

»Man kann ohne dies Selbst nicht leben. Man geht dann zu Grunde. Und wenn man zu Grunde geht, dann ist es ja gleichgültig, ob man noch vorher eine solche Tat begeht. Ich meine, man kann sie begehen aus verschiedenen Motiven ... du weißt.«

»Was weiß ich? Ich weiß nicht, warum ich die Tat begehen soll. Es bleibt ja gleichgültig, wenn ich sie auch nicht begehe.«

»Selbstverständlich!«

»Dann werd ich es eben nicht tun!«

Gordon zuckte mit den Achseln.

»Wie du willst! Wenn es dir gleichgültig ist, ob du in ein paar Tagen oder in ein paar Jahren zu Grunde gehst ...«

Ostap starrte Gordon lange wie abwesend an.

»Du glaubst also wirklich, daß ich beiseite geschafft werde, wenn ich es nicht tue?«

»Ja.«

Ostap hörte nicht auf die Antwort. Ihn fröstelte.

»Du bist wohl ganz durchnäßt«, fragte Gordon.

»Das tut nichts. Mach nur das Wasser recht heiß...« Er raffte sich zusammen ...»Nun, Gordon, du weißt ja, daß ich alles tun kann, aber seit einiger Zeit steht es schlimm mit mir. Selbstverständlich werd ich alles tun, was ich versprochen habe. Du hast auch nicht einen Augenblick daran gezweifelt ...Ich habe jetzt keinen Glauben, aber ich folge dir, weil du ihn hast ...Ich weiß eigentlich nicht, warum du soviel für mich bedeutest, ich habe auch nicht darüber nachgedacht, aber in demselben Momente, als du damals vor zwölf Jahren in die Klasse eintratst und wir den ersten bösen Blick miteinander wechselten, fühlt ich – ja, ich wußte es genau: der da ist dein Schicksal! Du wurdest das eigentlich nicht ...Ich habe ja dieselben Gedanken gehabt und ganz dieselben verbrecherischen Anlagen ...nur dein Gehirn war stärker...«

Er schwieg und sah Gordon an. Gordon saß mit unbeweglichem Gesicht und starrte fast gleichgültig vor sich hin.

»Du, Gordon, hast du den Glauben an das, was du tust?«

»Wozu willst du das wissen?«

»Ich will es! Ich will nicht von dir genarrt werden.«

»Schrei doch nicht so! Du bist ein furchtbar exaltierter Herr ...Man untersucht niemals, ob man den Glauben hat oder nicht. Hauptsache ist, daß er da ist. Man verliert den Glauben auch nicht. Daran glaub ich nicht. Entweder ist das ganze Sein, die ganze Seele und alle ihre Instinkte mit gewissen Grundsätzen so durchsättigt, jeder Nerv mit einem Dogma so zusammengewachsen, daß man etwas tun muß, im Schlaf, notgedrungen, unfreiwillig, trotz alles entgegenwirkenden Überlegens, oder es ist nicht der Fall. Im ersten Falle heißt es Glauben, im andern ... nun ja, der andere Fall existiert eben nicht. Millionen von Menschen haben theoretisch den Glauben an das Gute verloren und sie tun es doch, weil sie den Glauben im Instinkte haben, weil das Gute Glaube ist ...Nun ja, ich bin nicht aufgelegt zum Philosophieren. Ich will dich übrigens gar nicht narren. Ich will zerstören, nicht um aufzubauen, sondern nur um zu zerstören. Weil die Zerstörung mein Dogma, mein Glaube, meine Verehrung ist. Vielleicht irre ich mich, vielleicht will ich unbewußt das Gute, vielleicht steckt doch hinter allem der Gedanke an die Menschheit, aber das alles ist mir gleichgültig. Ich will nur die Zerstörung. Übrigens hab ich gar nicht Lust, dir noch einmal zu wiederholen, was ich dir tausendmal gesagt habe ...Du suchst nach Vorbehalt, nach Einwürfen, weil du verliebt bist ...und Liebe ist ja das Positive an sich ...Das ist der Drang nach Glück, nach Leben, nach Genuß, nach alledem, was du noch vor einem halben Jahre so verachtet hast ...He, he, warum solltest du auch nicht glücklich werden? Du darfst nur nicht lügen und die Ursache für deinen Zustand ganz wo anders suchen ...Aber du bist so blaß ...Willst du die Kleider wechseln?«

»Nein, danke, ich gehe gleich...»

Ostap ließ den Kopf sinken, dann sah er Gordon mit einem blöden Lächeln an.

»Du, nicht wahr? ...Sie liebt mich nicht?«

»Wer?«

»Hela.«

»Nein!«

»Weißt du das so sicher?«

»Ich glaube es zu wissen.«

Ostap lachte heiser auf.

»Ist sie noch immer deine Maitresse?«

Gordon wurde unruhig, seine Augen funkelten.

»Ist sies?«

Gordon antwortete nicht, aber über sein Gesicht glitt ein leises Lächeln.

»Warum lachst du?« schrie Ostap auf.

»Ich lache nicht. Nein, nein ...es ist nur so sonderbar, daß alle Menschen in denselben Augenblicken dieselbe Frage in derselben Form stellen ...Ja, ich kenne diese Wut, die das Weib, das gefallene Weib, mit den brutalsten Gedanken beschmutzen will...«

»So, so ...kennst du das auch? Ha, ha, ha ...wie du erfahren bist!...«

»Es gibt wohl keinen Schmerz, den ich nicht erlebt hätte«, sagte Gordon leise und sehr traurig. Er schien es zu sich selbst zu sagen.

Ostap wurde sehr ernst.

»Hör Gordon, ich werde alles tun, was du willst; aber willst du mir ein paar Fragen beantworten?«

»Frag nur!«

»Damals, als sie nach London fuhr, um eine Freundin zu besuchen, wie sie sagte, fuhr sie doch zu dir, obwohl es hieß, daß du nach Amerika gereist warst?«

»Ja, sie war bei mir.«

»Wolltest du sie heiraten?«

»Ja.«

»Warum hast du es nicht getan?«

»Weil sie früher einem Andern gehört hatte.«

»Und du hattest die Kraft, dich von ihr loszureißen?«

»Ja.«

»Woher bekamst du die Macht?«

»Die steckt in mir, in dem Glauben, der nicht diskutiert wird, sondern eine Tatsache ist, – die fremde Macht, die alle Handlungen auslöst, ohne sich um meine Vernunft zu kümmern.«

Ostap trank unaufhörlich, sah von Zeit zu Zeit mit gieriger Neugierde auf Gordon hin und ließ dann den Kopf sinken.

Sie schwiegen lange.

»Du hattest Sehnsucht nach Schönheit«, sagte endlich Ostap grübelnd. »Ich verstehe dich. Ich sehnte mich auch nach diesem Glück, diesem einen Glück, eine Seele mit meiner verschmelzen zu lassen. Aber das kann man nur mit einem Weibe, das rein ist, das noch nie vorher geliebt hat, nie einem Andern angehört hat, nicht wahr? Meintest dus nicht so?«

Gordon nickte.

»Und jede andere Liebe, die Liebe mit einem Weib, das schon früher die Geliebte eines Andern war, ist nur Surrogat?«

»Ja.«

»Warum?«

»Weil dies erste Glück auch gleichzeitig das einzige Mal ist, in dem das Geschlecht schön ist, – schön, verstehst du?«

»Das einzige?«

»Ja. Das Weib gehört bewußt oder unbewußt immer dem Ersten, der Brandfleck der ersten Liebe bleibt in ihrer Seele unauslöschlich, und ein Weib zu nehmen, in dessen Seele der Erste lebt, ist häßlich.«

»Häßlich?« Ostap starrte ihn mit unsagbarem Schmerze an.

»Ja.« Die Stimme Gordons war klanglos und heiser.

»Sie haßt dich!« sagte Ostap unwillkürlich und wie abwesend.

Gordon lächelte.

»Hast du sie überwunden«, fragte Ostap nach einer langen Pause.

Gordon antwortete nicht. Er trank das Glas leer. Sie schwiegen wieder.

»Du wirst doch nicht krank werden, Ostap? Wie? Du bist sehr blaß. Das letzte Jahr hast du es wohl sehr schlimm gehabt?«

Ostap zuckte auf und starrte ihn an.

»Der Tod deines Kindes ist dir wohl sehr nahe gegangen?«

Ostap wurde leichenblaß, seine Hände fingen an zu zittern und seine Augen öffneten sich übermäßig.

Gordon sah ihn erstaunt an.

»Du hast Angst«, sagte er, »ich habe gemerkt, daß du immer vor Etwas Angst hast.«

»Hab ich Angst?«

»Ja.« Gordon lächelte.

»Warum lachst du?«

»Ich lache nicht. Ich liebe die Menschen, die immer vor Etwas Angst haben. Das ist gut, sehr gut.«

»Warum ist das gut?«

»Weil diese Menschen...« Gordon brach plötzlich ab und lächelte.

Sie sahen sich eine Weile hart in die Augen.

Gordon senkte die Augen.

»Weil diese Menschen *mein* sind«, sagte er nach einer Pause.

»Dein?«

»Ja. *Mein.*«

»Ich bin nicht dein! Ich will nicht deine Sache sein. Ich will mich nicht von dir als Werkzeug gebrauchen lassen!«

Um Gordons Mundwinkel zuckte es leise.

»Du hast mich mißverstanden. Ich meinte es nicht so. Ich meine nur, wir alle gehören zusammen. Wir ... ja, die wir etwas zu bereuen haben, blutig bereuen, – vor Etwas Angst haben, gleichgültig, ob es der Gendarm oder das Gewissen ist, unser Instinkt oder das Zuchthaus.«

Ostap stand auf.

»Willst du gehen?«

»Ja.«

»Willst du nicht noch ein Glas Tee trinken?«

»Nein. Ich gehe nach Hause. Ich bin krank. Übrigens tu ich alles, was du willst. Es handelt sich nur um meinen Vater. Du weißt vielleicht, daß die Stellung eines städtischen Kassierers sehr verantwortlich ist.«

»Laß dir nur darüber keine grauen Haare wachsen.«

Gordon blieb nachdenklich stehen.

»Ja richtig, – wenn du Hela triffst, so sag ihr, ich laß sie grüßen.«

»Werd ich besorgen«, grinste Ostap.

II

Gordon saß lange in tiefes Brüten verloren.

Hin und wieder stand er auf, ging wie abwesend herum, kühlte sich die Stirn an der Fensterscheibe, dann setzte er sich wieder und – schlief ein.

Plötzlich erhob er sich, nahm seinen Regenmantel und ging hinaus.

Draußen war er sehr erstaunt, wie finster es war. Dabei regnete es. Die Regentropfen schienen ihm zu Eisnadeln auf seinem Gesicht zu gefrieren. Von der Vorstadt her sah er Lichter herüberschimmern; eine Zeit lang interessierte es ihn, sie vor seinen Augen tanzen und verschwimmen zu sehen, aber von neuem vergaß er alles.

Als er die Stadt erreichte, fühlte er sich ganz durchnäßt. Er schüttelte sich. Es fröstelte ihn. Wenn er jetzt nur eine Droschke finden könnte. Er sah sich um und lächelte. Natürlich würde er jetzt keine bekommen. Er fing an schnell zu gehen, ging ein paar Straßen entlang, bog in ein Seitengäßchen ein und erreichte schließlich ein kleines Haus, das abgesondert, fast auf freiem Felde lag.

Er ging hinauf und klopfte an.

Die Tür wurde sehr vorsichtig aufgemacht.

»Guten Abend, Pola!«

»Still! Er schläft …«

Gordon trat leise ein.

»Wie geht es Stefan?«

Er sah dem Mädchen in die Augen und behielt ihre Hand in der seinen.

»Schlimmer und schlimmer …«

Im selben Augenblick richtete sich der Kranke im Bett auf.

»Ah! Sie sind es, Gordon! Gott, wie ich Sie erwartet habe …«

Gordon trat an das Bett.

»Wie geht es Ihnen?«

»Es wird wohl nicht mehr lange dauern … Pola, bring Tee … Ich rauche jetzt auch wieder … es ist ja gleichgültig. Der alte Mizerski kam einmal her und sah mich rauchen. Es machte mir Freude, ihm den Rauch ins Gesicht zu blasen. Er ist doch Arzt, er sollte mir doch helfen können … He he, wissen Sie, was er sagte? Er setzte eine freundliche Miene auf, klopfte mir auf die Schultern, und meinte, ich sei ein braver, junger Mann aus dem Stamme der Römer, die auch mit Grazie zu sterben verstanden … Ha ha … mit Grazie …«

Er hustete.

»Das Verfluchte an der Sache, daß es nicht so schnell zu Ende gehen will. Es wird wohl noch ein halbes Jahr dauern.«

Er sah Gordon mit großen, ängstlichen Augen an, als ob er Trost bei ihm suchte.

Aber Gordon schwieg, er schien über etwas andres nachzudenken.

»War Mizerski heute bei Ihnen?«

»Nein, er ist verreist.«

»Verreist? Auf lange?«

»Auf ein paar Tage. Pola war dort. Sie wurde von Fräulein Mizerska sehr freundlich nach mir ausgeforscht. He he … man nimmt Anteil an meinem Leiden … Ich brauche es zum Teufel nicht. Ich brauche kein Mitleid. Sie sind der Einzige, den ich sehen kann, weil Sie kein so jämmerliches Gesicht aufsetzen wie die Andern. Ich habe sie alle zum Teufel gejagt.«

Das Gesicht des jungen Menschen war verzerrt in ohnmächtiger Wut.

»Regen Sie sich doch nicht so auf, Stefan. Sie sind so verbittert … Hat Fräulein Mizerska nach Ihnen gefragt?«

»Ja.«

Gordon schien keine Antwort zu erwarten, er sah sich zerstreut um.

»Sie sollten von hier ausziehen, Stefan«, sagte er plötzlich. »Die Wände sind feucht und sind mit Pilzen bewachsen. Das tötet Sie.«

»Jetzt ist es ja gleichgültig. Lassen wir die Pilze nur recht schön weiter wachsen.«

»Aber für Ihre Schwester ist es gefährlich.«

Der Kranke machte eine verächtliche Handbewegung.

»Alles ist gleichgültig. Früher oder später ...«

Er sank wieder in die Kissen zurück und starrte an die Decke.

»Jetzt muß ich wieder liegen«, sagte er nach einer Pause. »Diese Novembertage machen einen ganz verrückt. He he ... es ist eine eigene Sache um dies Liegen auf dem Krankenbett mit der absoluten Sicherheit, daß man bald eine nähere Bekanntschaft mit den Leichenwürmern machen wird.«

Er lachte auf und sah Gordon grinsend an.

Pola kam mit dem Samowar herein.

»Aber Sie sind ja ganz naß, Gordon. Trinken Sie nur schnell heißen Tee ... Geben Sie den Mantel her, ich werde ihn trocknen ...«

Sie wurde sehr erregt.

»Sie können sich ja furchtbar erkälten.«

»O, ich bin daran gewöhnt: Ich schlief einmal auf dem Felde und es hat geregnet wie bei Wolkenbrüchen ...«

Er lächelte, nahm den Mantel ab und gab ihn ihr hin.

»Vielleicht ist es besser, daß man ihn trocknet«, sagte er zerstreut.

Als sie in der Tür war, rief ihr der Kranke nach:

»Bleib auf deinem Zimmer, ich habe mit Gordon wichtige Sachen zu besprechen. Stör uns nicht.«

»Nein, nein!«

»Arbeiten Sie jetzt viel?« fragte Gordon.

»Ja, ich arbeite sehr viel. Ich arbeite auch mit einer sonderbaren Schärfe und Klarheit. Nun, Sie wissen ja ... Sie haben wohl schon von dieser ominösen Klarheit gehört ... He he ... Man wird immer klar, wenn es zur Neige geht ...«

»Haben Sie die Broschüre schon fertig geschrieben?«

»Ich werde sie Ihnen in zwei Tagen geben ... Aber reichen Sie mir den Tee ... So. Danke.«

Er zog eine Flasche unter dem Kopfkissen hervor.

»Wollen Sie Cognac haben?«

»Trinken Sie jetzt wieder?« fragte Gordon erstaunt.

»Ja. Das gibt Mut ... He he ... Es ist nun alles gleichgültig, was ich tue. Jetzt schadet mir nichts mehr, nichts. Oh, es ist ein sonderbares Gefühl, daß einem nichts mehr schaden kann. Nicht wahr? Wenn einer, der zum Tode verurteilt ist, sich an dem Henkersmahl tags zuvor den Magen verdirbt, so tut das nichts, nicht wahr?«

»Nein!« sagte Gordon zerstreut.

Stefan sah ihn eine Weile traurig an.

»Hören Sie, Gordon, ich habe Sie so sehnsüchtig erwartet, ich bin Ihnen so dankbar, daß Sie gekommen sind, aber Sie sind nicht bei mir.«

»Ja, ich bin bei Ihnen ... Ich habe Sie sehr gerne, Wronski, sehr gerne ...«

Er sagte es fast gleichgültig.

Wronski wurde unruhig.

»Warten Sie, ich muß aufstehen, ich kann nicht denken, wenn ich liege, und ich muß mit Ihnen sprechen.«

Er stieg aus dem Bett und kleidete sich hastig an. Gordon wurde plötzlich lebendig. Er half ihm beim Ankleiden und setzte ihm einen Stuhl zurecht.

»Nein, danke. Ich werde herumgehen.«

Aber er setzte sich bald hin und trank gierig das Glas Tee, das er zur Hälfte mit Cognac gemischt hatte. Seine Wangen brannten, und seine Augen bekamen einen unheimlichen Glanz.

Gordon sah ihn brütend an. Er schien ihn nicht zu sehen.

Der Kranke packte plötzlich seinen Arm.

»Hören Sie, Gordon ...Wissen Sie, was es heißt zu sterben? In meinen Jahren zu sterben? Wenn man zwanzig Jahre alt ist? Wissen Sie überhaupt, was sterben heißt? Ich liege Nacht für Nacht wach und denke; ich suche es zu Ende zu denken. Man kann es nicht denken ...Sehen Sie, ich bin gefaßt. Ich weiß, daß ich sterben muß. Aber was heißt das? Was heißt Sterben? Sagen Sie es mir! Sie sind für mich der größte Mensch. Sie sind mein Gott. Sagen Sie es mir, was heißt das: sterben?!«

»Ich weiß es nicht.«

»Sie wissen es nicht? Sie sollen es wissen! Sie müssen! Sie haben immer meine Fragen beantwortet. Warum können Sie es jetzt nicht? He he ...Man stirbt! Die Seele stirbt früher, hat man gesagt. Herrgott, dieser Wahnsinn! die Seele soll sterben! Daran glauben Kretins! ...He he ... Wozu bin ich überhaupt da? ...Ha ha ...der Zweck soll nur für das menschliche Bewußtsein existieren ...Und Sie wissen es nicht, wozu ich da bin? Ich habe versucht, es zu Ende zu denken! Mein Leib zerfällt! Gut! Meine Seele ...der unsterbliche Astralleib ...«

Er keuchte und würgte am Husten.

Gordon nahm seine Hände und sah ihm starr in die Augen.

Wronski beruhigte sich sofort.

»Glauben Sie an die Hölle?« fragte Gordon.

»Nein!«

»Können Sie sich etwas so Rohes vorstellen?«

»Nein!«

»Glauben Sie überhaupt an eine körperliche Qual nach dem Tode?«

»Nein!«

»Kann es seelische Qualen nach dem Tode geben, die größer wären, als was Sie jetzt erleben?«

»Nein.«

Gordon ließ plötzlich seine Hände los und sah zu Boden.

»Gibt es also noch größere?« fragte Wronski ängstlich.

»Ja. Aber Sie werden sie niemals durchmachen. Sie haben nie ein Weib geliebt?«

»Meine Schwester Pola.«

»Als Weib?«

»Nein!«

Sie schwiegen lange.

Wronski stand auf.

»Die Angst! Diese entsetzliche Angst. Ich dachte heute, mit mir ein Ende zu machen, und – und ...Oh, wie das ist! Das Herz läuft, der ganze Körper zuckt, man ist in kalten Schweiß gebadet, die Haare sträuben sich ...Aber trinken Sie doch! Tun Sie mir den Gefallen! Trinken Sie mit mir, ich trinke ungern allein ...«

»Ja, ich will sehr gerne trinken.«

»Trinken Sie gern? He he ...Sie trinken also gern ...Hm ...Gordon! Glauben Sie an Gott?!«

»Nein, weil Satan älter ist als Gott.«

»Also ist Satan Ihr Gott?«

Gordon schwieg und lächelte.

Wronski sah ihn starr an.

»Hören Sie, Gordon, ich habe von einer Sekte gehört, die den Satan anbetet ...«

Gordon schwieg nachdenklich.

»Nein, ich bin kein Palladist«, sagte er endlich. »Ich kenne übrigens die Sekte sehr gut. Es sind viele dumme Menschen darunter, wie überall.«

»Aber auch große? Große! So wie Sie groß sind?«

»Vielleicht ...Ich bin übrigens kein großer Mensch. Sie halten mich dafür, weil Sie noch jung sind und den Menschen zu wenig kennen ...«

»Ist es wahr, daß die Sekte die unnatürliche Unzucht als eine Art Sakrament feiert?«

»Es ist möglich.«

»Aber Sie sagten doch eben, daß Sie die Sekte gut kennen.«

»Ich kenne nur ihre Grundprinzipien, und sie gefallen mir. Verstehen Sie wohl? Ich spreche rein ästhetisch. Es ist etwas Wahres daran, daß wir alle Satans Kinder sind. Alle, die verzweifelt sind, die Angst haben, deren Gewissen beladen ist ...Und es ist etwas Richtiges daran, daß das Leben Satans Reich ist: die Hölle ...Nach dem Tode bekommen wir vielleicht etwas so Dummes und Banales, wie das Paradies es ist ...Übrigens glaub ich, daß von allem, woran die Menschen glauben, grade das Umgekehrte wahr ist ...«

»Daß also Jedem nach dem Tode das Paradies sicher sei?«

»Jedem, der hier dem Satan verfallen war...«

»Sie sollen nicht spotten!« schrie Wronski erregt auf. »Sie sollen nicht! Verstehen Sie? Ich habe mich so nach Ihnen gesehnt, und jetzt spotten Sie über meine Qual und meine Angst!«

»Ich spotte nicht! Es ist mein Ernst!«

Gordon sagte es sehr ruhig.

»Das ist alles Mystik, Ästhetik. Ich will keine Ästhetik! Ich soll sterben! Ich will Tatsachen haben! Sie haben mir meinen Glauben zerstört. Sie haben mir alles genommen, was mich jetzt trösten könnte. Ich wurde ein Priester des Atheismus, ich trug ihn in die Schule, ich pflanzte ihn in die Herzen aller meiner Kameraden, ich spie auf das Heiligste, ich ging und verdarb, weil Sie mein Gott waren, weil ich an Sie glaubte, und jetzt, wo ich in Todesangst liege, wollen Sie mich mit Ästhetik abspeisen, Sie ...«

Plötzlich starrte er Gordon an, eine tiefe Scham überkam ihn. Er kam zur Besinnung.

»Nein, Gordon«, sagte er leise, »das ist natürlich nur die Angst, ich bleibe meinen Überzeugungen treu.«

Gordon sah ihn aufmerksam an.

»Legen Sie sich hin, Stefan, Sie haben Fieber. Sie sprechen wirr. Das Bürgertum hat einen Gott! Gott ist nur ein Mittel, um die Begriffe von »Mein und Dein« zu ordnen, um Übergriffe zu verhüten. Ich habe Ihnen nur die Religion des kleinen Bürgers zerstört, der Angst vor Dieben und Mördern hat. Ich habe Ihnen nie den Gott zerstört, den ich habe ...«

»Welchen Gott?«

»Sich selbst.«

»Bin ich Gott?«

»Noch nicht. Solange Sie noch mit dem Gott des kleinen Bürgers und des reichen Juden kämpfen, werden Sie nicht Gott.«

Er schwieg, Wronski sah beschämt zu Boden, aber seine Unruhe schwoll wild an, er trank, seine Hände zitterten, er verschüttete den Tee.

»Oh, Sie sind ein furchtbarer Mensch. Ich habe Angst vor Ihnen. Ich habe immer Angst vor Ihnen gehabt. Sie sagten, wir alle sind Satans Kinder ...Sie selbst sind der Satan, und ich bin Ihr Kind. Und Sie sind die Hölle. Jetzt will ich Ihnen nicht mehr gehorchen. Ich habe selbst die Hölle in mir. Jetzt bin ich selbst Satan ...Ha ha ha ...Nein, nein, nein! Sie sind der Engel, und ich bin nur ein armseliger Jakob, der dem Großen, dem Herrlichen seine schauerlichen Geheimnisse entreißen möchte ...Oh, wie ich Sie hasse und wie ich Sie liebe! Aber Sie haben Haß in mich gesät ...Ich ersticke, ich sterbe an diesem Haß ...«

Er sprang auf.

»Nur das Eine laß mich noch erleben, die große Vernichtung, das große Glück, dies eine Gefühl, daß alles um mich her mit mir zu Grunde geht!«

»Endlich haben Sie mich begriffen!« sagte Gordon sehr leise.

»Ich will kein Glück haben, ich verachte das Glück, aber ich will mich rächen, weil ich so unglücklich bin!«

Er neigte sich über Gordon und flüsterte ihm ganz leise zu:

»Wissen Sie, wissen Sie, was ich ausgedacht habe?«

Er flüsterte noch leiser.

»Ich werde das Rathaus in Brand stecken...«

Er schnellte triumphierend auf, sank dann aber gleich zurück, er beugte sich weit vor, faßte sich heftig an die Brust, als ob er das Husten ersticken wollte.

»Was wollen Sie damit bezwecken?« fragte Gordon sehr ernst.

Wronski wurde wütend.

»Halten Sie mich denn für einen Narren? Haben Sie nicht über einen solchen Plan gesprochen, haben Sie nicht darüber gesprochen, daß man mit dem vielen Geld da drin im Rathaus die ganze Provinz in Aufruhr bringen könnte? Haben Sie nicht darüber gesprochen, daß man das Rathaus niederbrennen müßte, wenn die Kassen ausgeleert sind? Sie suchten ja nur nach dem Menschen, der es tun könnte, und jetzt, jetzt stehe ich da und will Sie glücklich machen, will Ihnen zeigen, daß ich Ihrer wert bin, und Sie fragen mich nach dem Zweck?!«

Er wurde atemlos und sank keuchend auf das Bett.

Mit einemmal stand er auf, ganz ruhig und kalt.

»Seitdem Sie mit mir darüber gesprochen haben, wurd ich wie ein neuer Mensch. Ich habe nur darüber nachgedacht. Darüber und über den Tod. Ich vergesse den Tod jetzt. Ich liebe Sie, ich will Ihnen gefallen, ich will die Empörung und die Revolte mit der Tat predigen ... Meine Hölle schäumt über ... Ich sterbe, und das ist gleichgültig, ob ich hier oder im Gefängnis sterbe ... He he, mein Herr, mein Meister ...«

Er ergriff hastig Gordons Hand und küßte sie in Verzückung.

Gordon entriß ihm die Hand.

»Aber Sie sind ja wahnsinnig!«

»Ich werde noch mehr tun!« flüsterte Wronski mit irrem Lachen. »Ich werde mich rächen, ich werde mich rächen!«

Ein krampfhafter Husten befiel ihn, aber er achtete nicht darauf, stieß die Worte hervor, die Ekstase ließ ihn die Qual vergessen.

»Ich werde mich an allen rächen! Mein Vater hat fünfzig Jahre gearbeitet wie ein Ochse im Pflug und hat nur diese bazillendurchseuchte Höhle zurückgelassen. Wissen Sie, wissen Sie« – er zerrte krampfhaft an Gordons Arm – »dieses eine Jahr auf der Universität ... Oh, oh ... Hätten Sie mir nicht geholfen, ich wäre wie ein Hund am Zaun verreckt ... Ich habe gehungert! Gott, wie ich gehungert habe! Einmal, hören Sie nur – es ist entsetzlich! Ich hatte drei Tage nichts gegessen, ich fand in einer Bedürfnisanstalt ein Stück Brot, ich fraß es auf, ich war kein Mensch mehr ... Jetzt werd ich mich rächen! Ich habe immer an Rache gedacht, schon damals, als der Hungertyphus hier vor zehn Jahren ausgebrochen war. Ha ha, Sie glauben es nicht? Sie werden es sehen! Ich bin Ihr Untertan, aber ich habe auch meine Diener! ... Einst hatte das dumme Volk Angst davor, wie Gott zu werden, aber ich will wie Gott werden. Ich zittre vor Glück, so zu werden wie Sie ... Sehen Sie dort – dort die große Cortumsche Villa ... Ha ha ha ... ihr Besitzer ist fort, mein Cousin ist dort Wächter ... Herr, mein Herr, in zehn Tagen, wenn der Vollmond vorüber ist! ... Dann sollen Sie eine Illumination haben! Ich will Ihren Geburtstag feiern, Sie, Sie großer Fürst der Finsternis! Sie sollen Licht haben, Licht! Licht! So viel Licht hat die Stadt noch nicht gesehen.«

Er sprach schnell und abgerissen ...

»Sie glauben, ich bin verrückt! Nein, nein! Sie glauben, ich will niederbrennen ohne Zweck! Herr, Sie sollen den Zweck erfüllen. Ich bin der blinde Zufall, und Sie sind die weise Vorsehung ... Ich bin das Gefäß, und Sie sind der Inhalt ... Ich will niederbrennen, nachdem Sie die Kassen geleert haben ... Ha ha ha ... Aber was sitzen Sie so kalt da?«

Er wurde rasend.

»Ich glaubte, ich würde den Gnadenhimmel über Sie öffnen!«

»Ich habe Ihnen von Botko erzählt?« fragte Gordon ganz unvermittelt und stand auf. »Wenn ein Mensch zu Ihnen kommt, der Ihre Brust mit dem Zeigefinger berührt, so ist es Botko.«

»Ich spucke auf Ihren Botko! Ich will ihn nicht sehen! Ich will es mit Ihnen zusammen machen, nur mit Ihnen!«

»Ich habe Wichtigeres zu tun. Verstehen Sie, Wronski? Ich bitte Sie, das erste Mal bitte ich Sie um etwas. Diesmal werden Sie mit Botko zusammenarbeiten.«

Wronski schien mit einemmal alles zu vergessen.

»Nur das Eine« ... er sagte es kaum hörbar ... »nur das Eine, was mir nicht gleichgültig ist ... Gehen Sie doch nicht ... Ich habe Ihnen etwas sehr Wichtiges zu sagen.«

Gordon sah auf die Uhr.

»Jetzt ist es halb elf, ich kann noch eine halbe Stunde bleiben.«

»Bleiben Sie, bleiben Sie ... Sie sind mein Wohltäter: ich ... und meine Schwester haben Ihnen ja zu verdanken, daß wir hier nicht verhungern. Ich und meine Schwester ...«

Er schwieg plötzlich und sah Gordon hilflos an.

»Hören Sie, Gordon«, sagte er endlich mühsam ...

»Verstehen Sie mich, ich will Sie nicht beleidigen ... Aber – heute Nacht – bekam ich einen furchtbaren Gedanken ... einen Gedanken, der ... der ... Hören Sie, Gordon, können Sie mich hören? Können Sie mich verstehen? Es ist natürlich Wahnsinn, eine maniakalische Idee, aber ich kann sie nicht los werden.«

Er richtete sich auf.

»Gordon! Ist meine Schwester Ihre Geliebte?!«

»Ich war auf diese Frage vorbereitet«, sagte Gordon sehr ruhig.

»Sie ... Sie waren vorbereitet?«

»Natürlich! Das ist doch eine sehr natürliche Frage! Sie sind ja selbst ein Mann.«

Gordon lächelte leise und stand wieder auf.

»Jetzt muß ich doch gehen, ich komme bald wieder zu Ihnen ... Ich habe Sie sehr gern ...«

»Oh, wie gleichgültig Sie das sagen!«

»Ich habe es früher nie einem Menschen gesagt ... Will übrigens Ihr Cousin die Proklamationen verteilen und anschlagen?«

»Ja.«

Gordon klopfte an die Seitentür.

Pola kam heraus.

»Jetzt muß ich gehen, Fräulein.«

»Aber Ihr Mantel ist ja noch nicht trocken.«

»Oh, das tut nichts.«

Sie ging hinaus.

»Pola liebt Sie«, flüsterte Wronski; »ich glaube, sie stand heute den halben Tag vor der Tür und wartete auf Sie. Zerstören Sie dies Kind nicht, tuen Sie es nicht!«

Gordon sah ihn an, aber antwortete nichts.

Pola kam mit dem Mantel.

»Nun leuchten Sie mir hinunter.«

Als er mit ihr hinunterging, faßte sie ihn heftig unter den Arm und preßte sich fest an ihn.

»Du mein Gott du!«

Er lächelte und küßte sie auf die Stirn.

Unten an der Tür blieben sie stehen.

»Du verkehrst jetzt viel bei Fräulein Mizerska?« fragte Gordon.

»Sie ist so gut zu mir.«

»Hm ...«

Er schien etwas sagen zu wollen, besann sich aber, drückte sie an sich und ging.

III.

Als Gordon auf die Straße trat, blieb er nachdenklich stehen. Es regnete beständig, aber er achtete nicht darauf.

Plötzlich raffte er sich zusammen, ging schnell ein paar Straßen entlang und kam auf den Markt.

Hier stellte er sich in die Haustür eines Hauses und sah lange und unschlüssig ein gegenüberliegendes Haus an.

Ob er doch hinaufgehen sollte? Der alte Mizerski ist nicht zu Hause. Die Dienstboten schlafen natürlich ...

Er grübelte, aber etwas trieb ihn vorwärts; es kam ihm vor, als könnte er die Sache nicht verschieben. Er mußte Ostap von ihr losmachen, sonst dürfte er am Ende noch ein braver Bürger werden.

Er lächelte verächtlich und ging fast ängstlich an den Häusern entlang.

Sie schläft nicht, in ihren Fenstern ist noch Licht, ich kann es ja versuchen, dachte er.

Vor dem Hause blieb er stehen, dann trat er in den Flur und blieb wieder lange und nachdenklich stehen.

Endlich ging er leise und mit größter Vorsicht die Treppe hinauf.

Er entdeckte nach langem Suchen den Knopf der Klingel, aber sein Finger blieb willenlos drauf liegen.

Ob es wirklich notwendig war?

Er konnte die Frage nicht beantworten, lehnte sich an die Wand und blieb so träumend eine Weile stehen.

Ob er nicht doch umkehren sollte?

Aber im selben Nu drückte er auf den Knopf.

Er lauschte. Sein Herz schlug heftig.

Er hörte Geräusch auf dem Korridor, hörte, wie das Gas angezündet wurde, und im nächsten Momente wurde die Tür geöffnet.

Hela stand ihm gegenüber.

Sie starrte ihn an wie ein Gespenst, faßte sich aber sofort, trat zur Seite und ließ ihn, ohne ein Wort zu sagen, ein.

»Ich bin sehr naß«, meinte Gordon ruhig, »ich kann den Mantel wohl hier aufhängen?«

Sie sprach kein Wort.

»Ich habe mit Ihnen in einer sehr wichtigen Sache zu reden. Verzeihen Sie, daß ich zu einer so ungewöhnlichen Stunde komme, aber ich glaubte die Sache nicht verschieben zu dürfen.«

Sie machte wortlos die Tür zu einem Zimmer auf.

Sie setzten sich hin und saßen lange schweigend.

Er bemerkte, daß sie ihn wie in höchster Angst anstarrte und daß um ihre Lippen ein irres Lächeln wie versteinert war. Aber nach und nach schien sie ihre Fassung wiederzugewinnen, ihr Gesicht verzerrte sich gehässig.

»Du hast mich überrumpelt; ich dachte nicht, dich wiederzusehen. Was willst du?«

Er lächelte und sah sie dann wieder ernst an.

»Du bist noch schöner geworden, als du warst, aber ich liebe dich nicht mehr. Nein! nicht mehr!« sagte er nach einer Pause.

»Und das ist alles, was du mir zu sagen hast? Deswegen kommst du her?«

»O nein, nicht deswegen. Vielleicht ja – ich weiß nicht ... Vielleicht suchte ich nur nach einem Vorwand, um zu dir zu kommen ...«

»Und mich zu quälen?«

»Nein, ich will dich nicht quälen. Weswegen sollte ich dich quälen? Du hast mir ja alles gegeben, was du mir zu geben hattest ...«

»Du lügst! Ich habe dir nichts gegeben. Dir, grade dir nichts! Ich glaubte nicht, daß du so dumm warst, dir einzubilden, ich hätte dir etwas gegeben.«

»Vielleicht irre ich mich. Vielleicht hast du mir nichts gegeben, weil du nichts zu geben hattest.«

»Na, siehst du. Gleich fängst du an vernünftig zu sprechen.«

Sie lachte häßlich.

Er sah sie sehr traurig an.

»Das, was du mir gegeben hast, war eigentlich kein Geben«, sagte er nachdenklich; »es kostete dich nichts, keinen Schmerz und keine Überwindung.«

Sie wurde blaß, antwortete aber nichts.

»Deine Seele ist schlecht«, sagte er nach einer Weile und ließ die Augen sinken.

»Deine Seele ist schlecht«, wiederholte er, »weil sie nichts geben kann, weil sie nichts zu geben hat ...Du hassest mich, weil ich der erste bin, der dich erkannt hat. Ich hasse dich nur zuweilen, aber ich liebe dich auch nicht.«

»Leidest du noch so sehr, wie früher«, fragte sie lächelnd.

»Nein. Jetzt leide ich nur zuweilen. Und dann nur ästhetisch.«

»Ästhetisch?«

»Ja. Die höchste Schönheit am Mädchen ist, das Weib zu gebären. Ich hätte an dir diese höchste Schönheit vollziehen mögen. Der Mann wächst, er wächst immer. Das Weib wächst nur als Mädchen. Als Weib ist es Stillstand. Es ist das einzige Mal in der ganzen Natur, daß man die Entwicklung zum Stillstand bringt, das einzige Mal, daß die Ewigkeit des Werdens einen lebendigen Abschluß findet, und das ist für mich die höchste Schönheit.«

»Du hast ja tausend Mädchen rings um dich. Bring doch in ihnen das Wachstum zum Stehen, vollziehe an ihnen die höchste Schönheit, die übrigens auch jeder Knecht vollziehen kann.«

»Schönheit ist nur für den da, dem sie zum Bewußtsein kommt. Sie wird nie einem Knecht bewußt ...Übrigens irrst du dich: was an dem einen Weibe zur Schönheit wird, wird an jedem andern zum Ekel.«

»Und dies eine Weib für dich war ich?«

»Ja, du.«

Sie schwiegen sehr lange.

»Jetzt kannst du gehen«, sagte sie endlich leise und geheimnisvoll. »Jetzt hast du mein Herz für Monate aufgerissen. Geh jetzt, geh – ich bin so entsetzlich müde ...« Sie sah ihn flehend an und schwieg.

»Bist du immer so traurig?« fragte sie plötzlich und rückte ihm näher.

Er überhörte ihre Frage.

»Ich kam nicht, um dich zu quälen«, sagte er endlich – »nein! Ich kam, um meine Qual aufzufrischen. Ich brauche jetzt viel Qual, um das zu vollführen, was ich vollführen will.«

»Was willst du tun?« Sie fuhr ängstlich auf.

Er sah sie lächelnd an.

»Sonderbar, daß euer Weibergehirn so eng ist. Natürlich war dein erster Gedanke, daß ich Selbstmord begehen will; nicht wahr? – O nein. Das machen Greise, Kinder und schwangere Weiber ...Du hast nie ein Kind gehabt?« fragte er sinnend ...»Ich wollte einmal ein Kind von dir haben ...Damals war es zu spät ...Doch, was wollt ich nur sagen ...« Er richtete sich auf – »Ja du ...schone Ostap ein wenig. Deine Seele ist so gierig und so rachsüchtig. Du willst ihn verderben. Vielleicht willst du es nicht bewußt. Aber er reizt dich, und das ist für dich genug. Du liebst ihn ja nicht. Ich habe es ihm auch gesagt, daß du ihn nicht liebst. Ich glaube, es ist besser, daß du es ihm ehrlich sagst. Siehst du nicht, wie du ihn quälst?«

Sie schien gar nicht auf ihn zu hören. Er sah sie aufmerksam an.

»Hast du mich gehört?«

»Nein!«

»Soll ich es dir wiederholen?« Er stand fast drohend auf.

»Nicht nötig! Ich höre nicht ein Wort, das du mir sagst. Du kannst jetzt sprechen und sprechen, ich werde nicht ein Wort hören.«

Er setzte sich neben sie und nahm ihre Hand. Sie entzog sie ihm heftig.

»Warum nimmst du deine Hand weg? Wir sind doch nicht Feinde ... Erinnerst du dich an jene Nacht in London? Ich sagte dir so herzlich und so ehrlich alles. Ich sagte dir, warum du nicht meine Geliebte sein kannst. Ich sagte dir all den Schmutz, in dem wir leben würden. Ich sagte dir damals,« daß meine Seele dich nicht auflösen kann, und daß nur die Liebe für mich schön ist, die das Weib in der Seele des Mannes aufzulösen vermag. Ich ging von dir, um dich nicht zu beschmutzen. Ich ging von dir, um unter dir zu leiden. Ja, ich leide noch immer. Aber dies Leiden verklärt dich für mich. Ich ging von dir, um nicht brutal zu werden, wenn ich an den Ersten denken müßte, der das Weib in dir geboren hat. Soll ich dir dies alles wiederholen? Du weißt, daß nur dies, dies allein es war, warum ich ging ... Du hast mich gefragt, ob ich immer so traurig bin. Ich bin eigentlich nicht traurig. Aber ich liebe die Schönheit, und ich bin nur traurig, daß ich nicht dein Erster sein konnte ... Nein, du – du weißt ja alles. Wir sind übrigens so verwandt. Als ich dich das erste Mal sah, war mir, als hätte ich mich selbst gesehen ... Warum haßt du mich?«

Sie starrte ihn lange an.

»Oh, wie ich dich hasse, wie ich dich hasse!«

Sie wiederholte es unablässig und knirschte vor Wut mit den Zähnen.

»Du Henker du! Wie du meine Seele zerstört hast! Gift hast du mir in jede Ader geimpft. Ein Stück von mir nach dem andern hast du mir zum Ekel gemacht ...«

»Du haßt mich also wirklich? Ich glaubte es nicht, jetzt sehe ich es.«

Gordon wurde noch trauriger, sein Gesicht war leichenblaß.

»Jetzt höhnst du mich, jetzt sagst du, daß ich dir nichts zu geben hatte ... Gott, Gott! Wie dein Gehirn brutal ist! Wie brutal du bist!«

Sie ballte die Fäuste. Ihre Seele brannte von Haß und Verzweiflung.

»Du wirst mich nie verstehen«, sagte er langsam und sah auf die Uhr. »Du hast mich eigentlich nie verstanden. Du weißt auch nicht, was Schönheit ist. Wolltest du lieber mit mir zusammen sein und beschmutzt werden? Wär ich mit dir geblieben, hätte ich es tun müssen. Ich bin gegangen und ich denke an dich wie an ein großes, trauriges Schicksal. Ich bin gegangen und ich sehe dich wie einen irrenden Stern im Nebel, der Unglück bedeutet, aber das Unglück ist schön. Und jetzt, jetzt ...«

Er brach jäh ab, grübelte eine Weile und sagte dann sehr langsam:

»Ich komme zu dir, um dich zu bitten, Ostap in Ruhe zu lassen, ihn von dir wegzustoßen. Du hast ihm vielleicht den kleinen Finger gegeben, und er ist dumm genug, nach der ganzen Hand zu fassen. Ich bitte dich nicht um seinetwillen, nein, nur meinetwegen. Du liebst ihn doch nicht, ich weiß es. Das ist doch so unendlich komisch, einen Mann haben zu wollen, um sich an einem andern zu rächen ... Sieh nur ... Ich habe früher an dich als einen gefallenen Engel gedacht, mit der stillen Majestät, der traurigen Größe, die den Tod im Herzen trägt. Und jetzt komme ich dich bitten: werde nicht banal! Mach dich nicht lächerlich in meiner Seele!«

Sie lachte hysterisch auf.

»Lügner!« schrie sie ihm zu.

»Du tust unrecht, wenn du das sagst.« Er sah ihr starr in die Augen. »Ich will dir nur noch einmal alles sagen. Siehst du: ich kann zu Zeiten vergessen, daß du schon in den Armen eines andern lagst, daß du mit einem andern das furchtbare Rätsel des Weibwerdens erlebt hast, daß du ...«

Es würgte ihn, er schien zu leiden.

»Ich kann es vergessen, daß du das Höchste und Schönste, was ein Mensch erleben kann, weit hinter dir hattest, als ich dich kennen lernte – daß du die Schauer und den Krampf, in dem eine Seele in die andre überfließt ...«

»Lügner! Lügner!« Sie schrie und zuckte am ganzen Körper. »Geh! Verlaß mich! Satan du!«

Er bohrte sich mit seinen Augen in die ihren, ein wildes, häßliches Lachen verzerrte sein Gesicht.

»Ich kann es vergessen…« er faßte ihre Hände und preßte sie wie wahnsinnig. »Ich kann vergessen, daß du die erste Nacht in Grauen und Schrecken über das größte aller Geheimnisse in seinen Armen lagst und ihn liebtest, weil er Macht hatte, und ihn haßtest, weil …«

Sie sprang auf und schlug ihn mit der Faust ins Gesicht.

Er starrte sie sinnlos an. Sein Gesicht bebte.

Sie wich entsetzt zurück.

Gordon wurde mit einemmal ruhig, nur seine Stimme zitterte. Er sprach noch leiser und trauriger. Er flüsterte es beinah vor sich hin.

»…aber ich würde dir nie vergessen können, daß du nach mir die Maitresse eines andern werden könntest. Dann werd ich Ekel vor dir bekommen, Ekel und Scham, und ich habe nie Scham gefühlt, auch nicht jetzt, da du mich ins Gesicht schlugst. Grade jetzt nicht, weil ich fühle, daß du nicht die Maitresse eines andern werden kannst …Maitresse! Denn Weib wird man nur einmal.«

Es entstand ein langes Schweigen. Gordon sah unruhig auf seine Uhr. Sein Gesicht war fast gleichgültig. Auf dem Tisch lag ein Papiermesser, er nahm es und spielte zerstreut damit, sah dann plötzlich nach ihr hin, spielte weiter und sagte endlich mit eisiger Ruhe:

»Nun hör mal noch etwas außerordentlich Wichtiges. Es ist eigentlich der Hauptgrund, weswegen ich hierher kam. Es handelt sich um Pola Wronska.«

Er hielt inne, sah sie an und spielte mechanisch mit dem Messer.

»Ich will Pola heiraten«, sagte er plötzlich, als ob es etwas unendlich Gleichgültiges wäre.

Sie sah ihn eine Weile sprachlos an und lachte dann laut auf.

»Das wirst du nicht tun!«

»Ja, ich werde es tun. Sie ist die einzige, bei der ich dich vergessen kann.«

»Ich schwöre dir, daß du es nicht tun wirst.«

»Ja. Ich werde es tun. Ich werde es in einem Monat tun. Sie ist schon mein Weib.«

Er unterstrich das »ist«.

»Du lügst!«

»Nein, ich lüge nicht!«

Sie kam drohend auf ihn zu.

»Sag, daß du lügst! Sag es mir sofort!«

»Willst du mich wieder schlagen?« Er lächelte still vor sich hin. »Tu es nicht; es ist doch nur der Ekel vor dir selbst, der es dich tun läßt.«

Sie sank erschöpft in einen Stuhl zurück.

»Siehst du, Hela, ich möchte dir das erklären, aber ich habe heute nicht die Kraft dazu. Es ist auch gleichgültig. Ich weiß nur, daß du auf irgend eine Weise mein Verhältnis mit Pola erfahren hast. Ich weiß, daß du sie zur Freundin machen willst, und ich weiß, daß du schon jetzt an ihr arbeitest …Aber warum lachst du? Bist du verzweifelt?«

»Nein, nein …sprich nur weiter.«

»Nun, ich habe dir nichts weiter zu sagen. Ich wiederhole nur, daß alle deine Versuche, Pola mir abwendig zu machen, nutzlos sind. Erspare dir die unnütze Mühe. Das wird dich nur lächerlich machen.«

Sie lachte noch heftiger.

Er setzte sich wieder hin und spielte weiter mit dem Papiermesser.

Sie hörte plötzlich auf zu lachen.

»Nun kannst du gehen. Du hast deine Visite unanständig lang gemacht.«

»Ja, das habe ich. Ich muß übrigens sowieso gehen. Aber noch ein Wort. Wenn du wirklich Lust bekommen solltest, Ostap an dich zu binden, so denk immer daran, daß er jedesmal, wenn er dich ansieht …«

Er brach plötzlich ab.

Sie stand totenblaß da. Ihr Blick war leer.

Er streckte ihr die Hand entgegen.

Sie schien es nicht zu sehen.

»Willst du mir die Hand nicht geben? Schade. Ich habe keinen Haß auf dich. Wir sind uns eigentlich so verwandt ...«

An der Tür blieb er stehen.

»Merkwürdig, daß du nicht daran denkst, daß ich dich mit meinem Besuch kompromittiert haben könnte. Vielleicht denkst du auch, daß man mich in diesem Wetter nicht sehen kann ...«

Er trat in den Korridor.

»Ich habe übrigens daran gedacht, daß mein Besuch dich kompromittieren könnte. Aber ich wußte, daß dein Vater weg ist ...«

Er wunderte sich plötzlich, daß er über so etwas Gleichgültiges sprechen konnte. Er zog den Mantel an und sah ihr ins Gesicht.

»Ich habe dich nie so blaß gesehen ...Ich werde nie wieder zu dir kommen ...Nie wieder werd ich mit dir sprechen. Es ist das letzte Mal. Leb wohl und denk daran, was ich dir gesagt habe.«

Er machte die Tür auf und ging hinunter. Plötzlich merkte er, daß sie in der Tür stand.

Er blieb auf der Treppe stehen und wandte sich nach ihr um.

»Du willst mir wohl beweisen, daß du keine Angst hast, kompromittiert zu werden«, sagte er leise.

»Vergiß nicht kalte Umschläge auf deine Backe zu legen«, flüsterte sie boshaft und warf die Tür zu.

IV

Gordon war wie gebrochen. Er lehnte sich an die Mauer, wickelte sich fest in seinen Mantel. Es kam ihm vor, als könnte er nicht weiter gehen. Es fröstelte ihn auch.

Als er aus der Stadt herauskam, ging er quer über das Feld, wo er das elektrische Licht einer enormen Fabrikanlage sah.

Abseits stand ein kleines, einstöckiges Häuschen, er trat ans Fenster und klopfte leise ein paarmal. Dann ging er in den Flur, eine Tür wurde aufgemacht: er trat ein.

»Guten Abend, Hartmann. Es wohnt doch niemand in diesem Hause außer Ihnen?« fragte Gordon leise.

»Es kostete große Mühe, es aufzufinden. Bis jetzt wohnt noch niemand hier.«

»Sie haben also den Ingenieurposten endgültig bekommen?«

»Ja.«

»Das ist gut.«

Gordon warf den Mantel ab und schüttelte sich vor Fieberfrost.

»Gutes Wetter für uns. Ich könnte sonst meine Visiten nicht machen. Sie haben doch Tee?«

»Ja, natürlich.«

Hartmann goß ihm warmen Tee ein.

»Ich habe auch Cognac für Sie gekauft«, sagte er mit einem verlegenen Lächeln.

»Sie trinken nicht?« Gordon sah ihn mit einer besonderen Aufmerksamkeit an.

»Niemals.«

Sie setzten sich hin. Hartmann schien tief in sich hinein zu versinken.

»Sie rauchen auch nicht?« fragte Gordon.

»Ich? Nein, ich rauche nicht.«

»Aber als ich Sie das letzte Mal in London sah, rauchten Sie doch.«

»Ich tue es nicht mehr.«

»Warum?«

»Weil ich nichts brauchen will. Ich will keine Bedürfnisse haben. Ich will nichts, durchaus nichts brauchen.«

»Weil Sie nichts haben wollen, das Ihren Willen binden könnte? Nicht so?«

»Ja.«

Wieder entstand ein langes Schweigen.

»Sie haben auch nie geliebt?« fragte Gordon plötzlich.

»Nein, nie!« sagte er gleichgültig.

»Sie verachten die Weiber?«

»Ich kann sie nicht verachten, denn ich kenne keinen Unterschied der Geschlechter, ich kenne nur Menschen, und ich liebe alle Menschen.«

Hartmann trank langsam und bedächtig den Tee, schien aber keine Lust zu weiterer Unterhaltung zu haben. Aber plötzlich belebte sich sein Gesicht. Er sah Gordon finster an.

»Ich gehöre mir nicht mehr. Nur ein Mensch, der nicht sich selbst gehört, kann die Tat vollbringen. Ich habe vor einem Jahre eine Katze getötet, weil sie junge Vögel im Neste ermordete. Damals war es das letzte Mal, daß ich unglücklich war, weil ich fühlte, daß ich noch mir gehörte, daß ich noch nicht reif zur Tat war. Jetzt bin ich nicht mehr unglücklich. Ein unglücklicher Mensch ist nicht reif zur Tat. Die Tat muß aus dem Gehirn entstehen und nicht aus dem Gefühl. Ich verachte die Anarchisten, weil sie Gefühlsmenschen sind. Ich will eine Tat nicht aus einem Mitleids- oder einem Rachsuchtsgefühl vollbringen. Nein! Nur deswegen, weil ich *einsehe*, daß etwas gut ist, will ich es tun.«

Gordon war so abgespannt, daß es ihm schwer fiel, Hartmann zu folgen. Der Schlußsatz interessierte ihn aber.

»Sie haben nichts zu bereuen in ihrem Leben?«

»Ja, doch. Ich hätte einmal sehr gut einen Plantagenbesitzer in Amerika, der seine Sklaven unmenschlich prügelte, töten können, und ich habe die Gelegenheit vorübergehen lassen.«

»Sonst nichts?«

»Nein.«

»Sie fühlen auch keinen Haß?«

»Nein.«

»Warum wollen Sie denn die Tat vollbringen?«

»Weil ich einsehe und mich überzeugt habe, daß sie gut ist.«

Sie schwiegen sehr lange. Gordon trank eine Tasse Tee nach der andern und sah finster vor sich hin. Plötzlich sah er scharf auf Hartmann hin.

»Es ist Ihnen wohl schwer, Ihre Gedanken auszudrücken?«

»Warum glauben Sie das?«

»Weil Sie immer schweigen.«

»Schweig ich? Ich weiß nicht, daß ich schweige. Meine Gedanken sind so laut und ich unterhalte mich mit ihnen.«

»Sie denken wohl sehr viel?«

»Ich denke immer.«

Er schwieg wieder. Aber mit einem Male wurde er lebendig.

»Ich habe Ihren Aufsatz gelesen. Ihre Kritik der bestehenden ökonomischen Utopien, wie Sie das nennen. Es hat mich sehr interessiert, obwohl ich gar nicht mit Ihnen einverstanden bin. Wir beide sind sozusagen Antipoden. Ich glaube an die Macht des Gehirns, an die Macht des bewußten Willens, der neue ökonomische Systeme einführen kann. Sie glauben nicht daran.«

Er sah Gordon fragend an.

»Nein, ich glaube nicht«, sagte Gordon barsch.

»Sie sagen also, daß das Gehirn nichts ausrichten kann?« Hartmann drehte nervös an seinem Schnurrbart.

Gordon bemerkte plötzlich, daß er eine sehr schöne Hand hatte. Die Finger waren lang und spitz und so dünn, daß sie fast gebrechlich erschienen.

»Das habe ich nicht gesagt.« Gordon sprach sehr deutlich, als bemühte er sich, seine Müdigkeit zu überwinden. »Ich habe gesagt, daß das Gehirn auf Grund zahlloser Erfahrungen zu kombinieren vermag, Unbekanntes auf Bekanntes zurückzuführen, neue – nein, nicht neue, sondern komplizdtere Verhältnisse herzustellen; aber ich leugne, daß das Gehirn imstande ist, die Millionen von kleinsten und allerkleinsten Ursachen zu übersehen. Es vermag daher nicht von vornherein zu berechnen, wie sich ein noch so fein ausgeklügeltes System bewähren wird. Zugegeben selbst, daß es imstande wäre, die zahllosen äußeren Zufälligkeiten zu regeln, durch sorgfältige Statistiken von vornherein den Konsum z. B. zu bestimmen, so ist es nie imstande, das einzig Zufällige, die Seele zu berechnen und zu schematisieren. Daß unsre seelische Verfassung ein Produkt der ökonomischen Verhältnisse ist, das ist Blödsinn. Daß sie sich entsprechend der veränderten ökonomischen Lage umformen wird, ist ein noch größerer Blödsinn. Und weil man das einzige Agens aller Verhältnisse: die Seele nicht bestimmen kann, ist für mich jedes neue ökonomische System eine Utopie, ein viereckiges Rad, eine Peitsche aus Sand.«

»Folglich ist das Bestehende gut«, warf Hartmann nervös ein.

»Nein! Nicht gut, aber notwendig.«

»Aber durch Millionen von Jahrtausenden haben wir gelernt, daß das Notwendige gut ist.« Gordon lächelte.

»Das haben wir nicht gelernt. Aber meinetwegen. Ich lasse den Satz gelten. Dann aber muß es zerstört werden, eben weil es gut ist. Ich will es zerstören, weil es gut ist. Sie wollen es zerstören, weil es schlecht ist. Sie wollen das Bestehende zerstören, weil Sie ein neues System haben. Ich will es zerstören, um ein neues Bestehendes, ein nicht gewolltes, nicht berechnetes, aber ebenso notwendiges und determiniertes Bestehendes wie das jetzige erstehen zu lassen. Im Grunde kommt es auf dasselbe hinaus. Haben wir einmal das Bestehende zerstört, so überlasse ich Ihnen sehr gerne, die Zukunft nach Ihren Prinzipien aufzubauen. Ich habe dann meine Arbeit vollbracht.«

Hartmann sah ihn sehr lange an.

»Warum wollen Sie zerstören?«

»Weil ich hasse!«

»Sie hassen?« Er lächelte.

»Ja, ich hasse. Und mein Haß ist heiliger als Ihre Liebe, denn Sie haben Liebe zu Ihrem Gehirne. Mein Haß ist älter und tiefer, weil er vor aller Liebe war. Luzifer war vor der Welt, die aus Liebe entstanden ist.«

»Sie sind zu scharfsinnig, Gordon«, sagte Hartmann sehr langsam. »Ich kann Ihnen nicht folgen, mein Gehirn ist wohl zu ungeschult für Ihre Paradoxe. Ich glaube auch nicht an das, was Sie sagten. Das ist nur das Surrogat Ihres eigentlichen Denkens, die Späne, die Ihr Gehirn abwirft. Es steckt etwas ganz andres dahinter.«

»Glauben Sie?«

»Sie verbergen und verstecken Ihr Inneres, Sie werfen mit Paradoxen und schlagfertigen Bonmots um sich, um nur das Innerste nicht preiszugeben. Sie sind sehr unzugänglich. Sie sind ein Aristokrat. Der letzte vielleicht ...«

Er brach plötzlich ab und schwieg.

»Ich will mit Ihnen zusammen arbeiten«, sagte er nach einer langen Pause.

Über Gordons Gesicht flog es wie ein lichter Blitzstrahl, aber im nächsten Momente wurde er wieder gleichgültig.

»Das ist sehr vernünftig«, sagte er fast wegwerfend.

»Gestern habe ich mich noch gesträubt. Ihre Motive waren mir nicht klar. Sie sind es mir jetzt noch nicht. Aber ich habe Vertrauen zu Ihnen ...«

»Sie kennen mich doch nicht.«

»Nein! Ich kenne Sie nicht. Ich kenne Ihre Gedanken nicht, aber ich kenne Ihre Seele.«

»Meine Seele?«

»Ja.«

Sie lächelten sich beide verlegen an.

»Sie sprachen einmal in London von den Verstoßenen und Verzweifelten, all den Satanskindern, wie Sie sie genannt haben. Es ist etwas Bestechendes in dieser Idee. Sie kehrt immer wieder. Alle Völker und alle Zeiten haben an das Prinzip des Bösen geglaubt, und Sie, ja Sie sind der Vater des Bösen, und das ist gut.«

»Ist das gut?«

»Ja. Das ist gut.«

»Wurde Ihnen das erst heute klar?«

»Ja. Kurz, bevor Sie kamen. Ich habe viel über Sie nachgedacht ... Jetzt bin ich bereit ... Aber Sie schütteln sich. Trinken Sie nur Tee, ich werde Ihnen Cognac eingießen ... So ... Genug?«

»Sie stehen doch nicht unter Polizeiaufsicht?«

»Nein. Ich stand nie in einer Bewegung. Ich wartete auf meinen Mann.«

»Der bin ich?«

»Ja. Sie.«

Sie saßen lange wortlos.

Als Hartmann wieder aufsah, bemerkte er, daß Gordon schlief.

Er stand leise auf, holte eine Decke von einem Bette und deckte ihn sorgfältig zu.

Das Gesicht des Schlafenden war wie in verzweifeltester Traurigkeit erstarrt. Er schien kaum zu atmen.

Hartmann sah weg, mußte aber immer von neuem dies verzweifelte Gesicht anstarren. So saß er wohl eine Stunde lang.

Plötzlich öffnete Gordon die Augen. Ganz ruhig. Als hätte er sie soeben geschlossen.

»Ich muß jetzt gehen«, sagte er, legte die Decke weg und erhob sich. »Ich danke Ihnen. Ich weiß nur einen Menschen, und der sind Sie. Ich komme morgen wieder, dann werde ich mit Ihnen die Details besprechen.«

»Wollen Sie nicht noch ein Glas Tee trinken?«

Gordon sah auf die Uhr.

»Es ist schon über drei, aber ich will noch sehr gerne mit Ihnen sprechen.«

Er setzte sich wieder hin.

»Sie lieben die Philosophie, Hartmann?«

»Ich liebe zu denken.«

Hartmann ging eine Weile im Zimmer auf und ab, er sah öfters Gordon an und schien mühsam nach Worten zu ringen.

»Was denken Sie eigentlich über Nietzsches Philosophie?« fragte er plötzlich.

»Über seine Philosophie denk ich gar nichts. Über seine Kunst sehr viel.«

»Denken Sie nichts über seine Philosophie?« fragte Hartmann erstaunt und setzte sich wieder hin.

»Nein! Seine Philosophie interessiert mich nicht im geringsten. Als Philosoph ist er nicht besser und nicht schlechter als irgend ein anderer bürgerlicher Philosoph. Ja, Nietzsche ist ein bürgerlicher Philosoph ... Die ganze bisherige Philosophie wurzelt immer in der Ethik des Bürgertums, der einzigen Ethik, die das Bürgertum hat, nämlich der Heiligkeit und Unantastbarkeit des Besitzes. Man wurde sich zum Schluß einig, daß selbst das Leben nichts tauge. Warum denn? Die Gründe, welche die Philosophen für die Schlechtigkeit dieses Lebens anführen, lassen sich doch schließlich auf ökonomische Grundursachen zurückführen. Nun gut! sagt der Utopist, machen wir bessere Daseinsbedingungen. Aber diese Konsequenz darf ein bürgerlicher Philosoph nicht ziehen, weil der Besitz nicht angetastet werden darf. Was bleibt? Ihr famoser Namensvetter schlägt die Erlösung durch den Tod vor. Was macht Nietzsche? Er ist ja auch von der pessimistischen Lebensanschauung ausgegangen, er ist sich ganz klar, daß das Leben nichts taugt; um aber die Grenzen zwischen Dein und Mein nicht zu verrücken und weil er das banale Mittel der Erlösung durch den Tod verschmäht, so lehrt er die Menschen: Werdet Übermenschen! Warum sollen wir das werden? Weil wir uns über die Misere, die der Besitz geschaffen hat, trösten sollen. He he he! Es gibt kein Gut und kein Böse, aber er spricht von den Anarchisten als den verächtlichen Hunden, die auf allen Märkten Europas herumlaufen ... He he ... Werdet Übermenschen, d. h. werdet edel und weise, arbeitet mit Begriffswerten, kümmert euch nicht um den Gang der bürgerlichen Weltordnung, sondern zerbrecht nur ihre Tafeln, natürlich auf dem Papier, und verachtet sie ... He, he, he ... Noch nie hat die bürgerliche Angst, daß das Besitztum am Ende doch angetastet werden könnte, sich besser verkleidet. Im Grunde ist es ja dasselbe, was das Christentum lehrt: Kümmert euch nicht um die Schätze, die rosten ... Ha ha ... Die einen fahren nach Indien und gehen bei den Brahmanen in die Lehre ... die andern suchen sich zu reinigen und zu adeln durch die Mittel des reinen Menschentums, die dritten werden gar Übermenschen! ...«

Gordon kam in eine ungewöhnliche Wut.

»Lächerlich, diese zitternde Angst, die sich nun zur Abwechslung den Übermenschen geschaffen hat. Die Angst, die Angst, verstehen Sie – die Angst des kleinen Bürgers, daß der Anarchist ihn in die Luft springen lassen könnte. Ich hasse diese verlogenen Ideologen des Bürgertums noch mehr, als Napoleon ...«

Er hörte plötzlich auf und sah fast verlegen auf Hartmann hin. Es kam ihm vor, als hätte er zu viel gesagt.

»Sie urteilen furchtbar leichtsinnig und einseitig«, sagte Hartmann nach langem Schweigen. »Sie springen mit einem Menschen wie Nietzsche wie mit einem Schulbuben um ...«

»Ich tue es vielleicht ... Ja ich tue es wirklich. Ich bin einseitig, ich bin ein Fanatiker ... Sie haben recht ... Das ist übrigens meine Sache. Der einzige Philosoph, den ich verehre, ist Napoleon. Ich kümmere mich nicht um Glück. Die ganze Ethik, das Warum und Wozu geht mich nichts an. Aber das einzige, das bleibt, das schön – verstehen Sie? schön ist, das ist Macht, Macht, Macht!«

Hartmann sah ihn finster an.

»Ich wußte, daß Ihre Motive zur Tat schlecht sind.«

»Was geht Sie das an, ob sie gut oder schlecht sind? Übrigens ist die Macht weder gut noch schlecht, sie ist nur *schön!* Napoleon selbst war ein lächerlicher Ideologe, er war ein kleiner

Mensch, weil er nach Macht rang, um sie zu genießen, er wollte aus der Macht einen Besitz für sich machen ...«

»Und Sie?«

»Ich will die Macht nur in der Tat genießen, Macht als Besitz ist mir ebenso lächerlich als das lumpige, verschuldete Gut, auf dem ich sitze. Ich will mächtig sein, aber ich will keine Macht haben. Hätte Napoleon die Welt zerstört, nur um zu zerstören, hätte er Throne umgestürzt, um sie nicht neu zu besetzen, hätte er die Ordnung der Dinge aufgelöst, nicht um sie wieder neu zu formen, dann wäre er für mich ein Gott! Nein! nicht Gott! Gott ist ja nur dazu da, um den *Besitz* des Gutes und des Lebens zu schützen ... aber er wäre für mich ein Satan! das höchste! Der, der nichts besitzt, dem das Leben gleichgültig ist, braucht keinen Gott, Gott wird dann überflüssig für ihn, aber er braucht Satan, den Gott, der durch die Tat spricht, und der zur Tat treibt ... übrigens verachte ich auch Napoleon ...«

Sie schwiegen lange.

Hartmann stand langsam auf.

»Jetzt gehen Sie. Sie waren sehr ehrlich. Ich habe nicht die geringste Sympathie mit Ihnen. Ich fühle Ihnen gar nicht nach, weil Sie kein Mensch sind. Ein Mensch, der nur Tat ist, ist kein Mensch.«

Gordon lächelte verächtlich.

»Sie haben viel von bürgerlichen Vorurteilen, lieber Hartmann. Ich dachte, Ihr Gehirn wäre besser geschult. Sie haben noch sehr viel an Ihrem Gehirn zu arbeiten.«

Gordon wurde plötzlich sonderbar traurig, seine Stirn war gerunzelt und die Augen wie verschleiert.

»Sie haben noch Achtung vor Begriffen, die das Bürgertum zum Schutz des Besitztums erfunden hat. Der Begriff »Menschheit« macht Ihr Herz warm. Aber verstehen Sie nicht, daß dieser Begriff nur ein Sammelname für den Schutz des Kollektivbesitzes ist? Das ists ja eben, warum ich die Anarchisten verachte. Sie wollen den Besitz abschaffen, aber sie verehren die Menschheit. Die Menschheit hört mit dem Besitze auf. Nur insofern halte ich mich für ein Stück der Menschheit, als ich mit ihr etwas gemeinsam habe: den Besitz. Hab ich Besitz, dann habe ich Liebe zur Menschheit, und darf nicht zerstören ...«

Er lachte plötzlich auf.

»Und darf ich nicht zerstören, so bin ich ein Ideologe und ein Bürger. Nun leben Sie wohl, Hartmann, und vergessen Sie nicht was Sie mir versprochen haben.«

»Ich vergesse nie, was ich verspreche.«

Hartmann sah ihn finster an.

»Sie waren sehr ehrlich«, sagte er langsam.

»Sie sind der einzige, dem ich das alles gesagt habe.«

Gordon reichte ihm die Hand und lächelte.

»Sobald alles zerstört ist, dann geh ich, dann bekommen Sie Platz zum Aufbau.«

V.

Hela stand am Fenster und kühlte sich die heiße Stirn an der Scheibe.

Draußen regnete es. Es regnete beständig.

Sie dachte an nichts. Es war ein Zustand von einem irren, zusammenhanglosen Brüten, aus dem sie hin und wieder emporschrak.

Oh, sie kannte es.

Es dämmerte, es wurde so schnell dunkel.

Sie zündete die Lampe an, setzte sich in den Lehnstuhl und bedeckte das Gesicht mit beiden Händen.

So saß sie sehr lange. Plötzlich fuhr sie auf: es klopfte.

Ostap trat herein. Er schien verwirrt zu sein, sah sich scheu um und setzte sich hin, ohne ein Wort zu sagen.

Sie stand und wartete.

Er sah verlegen zu ihr auf.

»Du hast wohl auf mich gewartet. Ich konnte mich so schwer entschließen, zu kommen. Ich habe entsetzliche Kopfschmerzen. Was ist es denn, was du mir zu sagen hast? Herrgott, du siehst so ernst aus. Was ist es denn?«

»Bist du krank?« fragte sie.

»Nein. Ich bin nur betrunken. Ich bin jetzt immer betrunken«, murmelte Ostap.

»Kannst du denn wenigstens verstehen, was ich zu dir sage?«

»Sprich nur, sprich!«

»Also hör mal, ich will dich niemals wieder sehen. Ich habe beschlossen, mit dir zu brechen.«

Er schnellte auf und sah sie blöde an.

»Du darfst mich nicht unterbrechen, sonst geh ich, ohne nur ein Wort zu sagen. Übrigens lügst du, daß du betrunken bist. Du bist gar nicht betrunken.«

»Nein!«

»Bist du denn krank?«

»Nein, nein! Sprich nur, sprich!«

Sie wurde noch ernster.

»Du lachst! Du glaubst, ich spreche in einem Anfall von meinen gewöhnlichen Launen. Das ist es nicht. Ich war niemals so ernst. Ich wurde jetzt erst so ernst ...«

Sie hielt inne, als hätte sie keine Kraft, weiter zu sprechen.

»Oh, ich bin so ernst«, wiederholte sie wie abwesend.

Sie raffte sich zusammen und setzte sich neben ihn hin.

»Ostap, ich habe dich belogen, als ich dir sagte, ich könnte dein sein. Deine Liebe war so heftig, ich berauschte mich an deiner Liebe. Ich war so glücklich. Du bist der erste, der mich liebt, aber ich liebe dich nicht.«

»Du liebst mich nicht?«

»Nein! Ich glaubte bei dir alles vergessen zu können – alles vergessen ... Aber du bist nicht stark genug. Ich muß Stärke und eine furchtbare Kraft um mich haben, sonst falle ich ... ja, ich falle – ich falle ... Oh, es gibt nicht einen Mann, der stark genug für mich ist. Ich muß eine Kraft um mich fühlen, daß ich in ihr wie ein winziger Punkt zusammenschrumpfe. Eine Kraft, die mich tausendfach umhüllen kann, so daß ich mich selbst vergesse und mich als ein hilfloses Kind fühle und wieder Kind werde ... Du bist nicht der Mann dazu. Du bist selbst schwach, und du hast immer Angst. Du hast viel mehr Angst als ich ...«

Sie schwieg.

Er faßte sie ums Handgelenk, preßte es schmerzlich und sagte heiser:

»Weiter, weiter!«

»Oh, laß, laß ... Das tut weh ... Ich muß getragen werden, ich muß fühlen, daß ich mitgerissen werde, dann fühle ich mich wieder Kind und vergesse den Ekel ... Aber du hast selbst Ekel. Viel Ekel vor dir und vor mir ...«

»Ich liebe dich!« sagte Ostap tonlos. »Ich habe nie Ekel vor dir.«

»Du lügst! Du lügst! Du hast oft Ekel vor mir. Sehr oft. Soll ich dir sagen, wenn du ihn gefühlt hast? Erinnerst du dich, als wir auf dem Perron der Eisenbahnstation standen? Ein Mann küßte ein Mädchen, das sich scheu nach allen Seiten umsah. Sie hatte so viel Angst, so viel Liebe und so viel Schmerz, weil er abreisen mußte. Hast du da nicht gedacht: Ah, so hat sie einmal ihren Liebhaber, als er wegreisen mußte, begleitet. Ängstlich, daß sie nicht bemerkt werde, und zu Tode traurig, weil er wegfahren mußte?! Hast du das nicht von mir gedacht? Glaubst du, ich habe es nicht bemerkt, wie du vor Schmerz zusammmenfuhrst? Die geringste Kleinigkeit schmerzt dich. Alles an mir, um mich schmerzt dich. Jedes Haus, jede Straße, jede Erinnerung wird dir zu Qual. Überall, wo du nur hinsiehst, begleitet dich der Gedanke: Oh, ist es hier, das Haus, wo sie zum Weibe wurde? Ist es hier, wo sie mit ihm saß und die Liebesnacht besprach? ... Siehst du, ich kann das nicht ertragen. Ich habe einen so grenzenlosen Ekel vor meiner Vergangenheit ... Ich will nicht fortwährend daran erinnert werden. Nein! Ich will es nicht! ... Oh, ich bin so müde!«

Sie ließ schlaff die Hände sinken.

»Du klammerst dich an mich«, sagte sie nach einer langen Pause. »Du hast so viel Angst. Du glaubst deine Angst in der Liebe zu vergessen. Ich habe gedacht, dich an deine Hände zu nehmen und in deiner Angst meinen Ekel aufzulösen. Aber ich habe nicht Kraft dazu ...«

Sie schwieg wieder, ihre Augen waren mit Tränen gefüllt.

Ostap versuchte zu sprechen, aber er brachte nur einen heiseren Laut hervor.

Sie sah ihn fragend an.

Seine Augen weiteten sich in kranker Angst.

»Verlaß mich nicht! Verlaß mich nicht ... Ohne dich geh ich auseinander. Seitdem ich dich hier traf ... seit ich dich liebe, wurde es besser mit mir ... Meine Liebe hat mich stark gemacht ... Ich habe jetzt nicht mehr die entsetzlichen Träume ...«

Er griff nach ihren Händen.

»Du hast mir Hoffnung gegeben ... Ich habe mich daran festgeklammert ... Ich liebe dich. Ich werde alles vergessen. Ich werde die Stärke und die Macht werden, die du brauchst, die du haben willst ...«

Er flennte wie ein Kind.

Sie wurde ungeduldig.

»Nein, nein! Du kannst nicht stark werden! Belüg dich doch nicht! Mach mir die Trennung doch nicht so schwer. Jetzt hast du vergessen, woran du noch vor fünf Minuten gedacht hast ... Wurde es dir wirklich nicht klar, daß ich die Maitresse von Gordon und früher noch die Maitresse eines lächerlichen Studenten war? Hier, ja hier in dieser Stadt! Willst du mit mir gehen, ich werde dir das Haus zeigen, in dem ich lange, lange Liebesstunden verlebt habe.«

Sie lachte höhnisch.

»Kannst du dir den Ekel nicht vorstellen, fühlst du ihn nicht, ein Weib zu nehmen, um dessen Leib sich schon die Hände eines andern geflochten haben? Ha ha ha ... Nur liebebedürftige Knaben pflegen darunter nicht zu leiden ... Ich will dich nicht sehen! Ich will dich nie wieder sehen! Ich liebe dich nicht!«

Ostap schien das Gleichgewicht zu verlieren. Er griff wieder nach ihren Händen und preßte sie gewaltsam.

»Laß mich dich doch wenigstens sehen, Königin! He he ... Du bist meine Königin. Ich fühle mich so stark bei dir. Soll ich dir ihn, verstehst du, ihn, den König, bringen? Soll ich dir Gordon herschaffen? Jag mich nur nicht weg! Ich werde dir ihn sofort herschaffen ...«

Er lachte irre ...

»Ich weiß ein Zauberwort! Er kommt sofort! Seine Liebe zur Macht ist größer, als seine Liebe zu dir ...«

Sie stampfte mit dem Fuß.

»Ich will ihn nicht! Ich hasse ihn!«

»Weil du ihn liebst, Königin. Ich liebe ihn auch … Wir wollen ihn beide lieben. Wir wollen beide in seiner Kraft klein und glücklich werden, ha ha ha … und keine Angst haben … Ha ha ha … ich habe soviel Angst …«

Sie stand auf.

»Geh! Es ist zu Ende mit uns! Es ist mein letzter Wille! Ich will weder dich, noch ihn sehen. Ich will allein sein. Gordon ist ein Lügner. Er liebt niemanden. Er sucht sich nur einzubilden, daß er liebt, aber er tut es nicht.«

»Ja, dich, dich liebt er, dich, weil du … weil du …«

Er stand auf und wankte …

»Hör, Hela … Laß mich wenigstens … Ja, das Eine … Nur hin und wieder laß mich kommen, dich sehen …«

»Nein! Ich will nicht! Ihr beschmutzt mich mit jedem Händedruck, mit euren Augen, mit dem Tonfall eurer Stimme … Alle klammert ihr euch an mich mit dem Hintergedanken, daß ich leicht zu haben bin, weil ich schon diesem und dem anderen gehört habe. Ich habe Ekel vor euch allen! Geh doch! Geh!«

Er lächelte irrsinnig.

Sie schrak auf. Der wilde Ausdruck von verzweifeltester Angst in seinem Gesicht lähmte sie.

»Wovor hast du Angst?« flüsterte sie leise und wich unwillkürlich zurück.

Er ging auf sie zu.

»Wovor hast du Angst?« wiederholte sie.

Er sah sie plötzlich klar und ernst an.

»Komm her, ich werde es dir sagen. Komm, setz dich hier neben mich.«

Sie gehorchte.

Er beugte sich über sie …

»Ich habe Angst, wei – weil …«

Im selben Nu umfaßte er ihren Kopf und biß sie in den Hals.

Sie schrie vor Schmerz.

Er kam zum Bewußtsein. Er wich weit zurück und blieb mit schlaff herabhängenden Armen stehen.

Es verging eine lange Zeit. Sie bebte und zitterte und preßte sich angstvoll in die Ecke des Zimmers.

Er sah sie immer mit einem irren Lächeln an. Über seine Backen rollten unablässig große Tränen, ohne daß sich sonst auch nur ein Muskel in seinem Gesicht verzogen hätte.

Endlich schien er sich zu ermannen. Er wandte sich nach dem Fenster, stand lange regungslos und starrte hinaus. Dann drehte er sich langsam nach ihr um.

»Ich habe dich wohl sehr erschreckt«, fragte er gleichgültig. »Ich bekomme von Zeit zu Zeit solche Anfälle … Nun ja … Ich werde natürlich gehen …«

Er setzte sich hin, stand aber wieder auf.

»Aber sag mal, soll ich dir wirklich nicht Gordon herschaffen?«

Er sah sie lange an, dann lächelte er.

»Nun, so leb wohl! … du hast recht … Ich habe sehr viel darunter gelitten … unter … unter – Nun ja …«

Er berührte ihre Hand mit den Fingerspitzen.

Vor der Tür stieß er auf Pola Wronska.

Draußen mußte er sich festhalten, um nicht zu fallen.

Nach einer Weile fing er an, die Treppen herunterzugehen, aber die Kräfte schwanden ihm.

Er setzte sich auf den Stufen hin, alles begann um ihn zu kreisen, ein großer Himmel stand im Feuer, gelbe Blitze schlugen in die Sonne ein …

Er verlor das Bewußtsein.

VI

Als Ostap aufwachte, sah er Gordon an dem Tisch sitzen. Er war mit dem Samowar beschäftigt.

Ostap schloß sofort die Augen, setzte sich aber bald im Bett auf.

»Hat man mich oben bei ihr gefunden?«

Gordon sah ihn aufmerksam an.

»Ich habe ja gleich gesagt, daß das nichts zu bedeuten hat. Alle waren so ängstlich um dich. Wenn ich nicht irre, hast du schon öfters diese Anfälle gehabt.«

Ostap sah Gordon mißtrauisch an. Er pflegte sonst nicht so redselig zu sein.

»Du weißt, damals bei der Abiturientenkneipe fielst du auch so plötzlich um. In zwei Tagen warst du wieder auf den Beinen. Du fühlst dich doch wohl? Was? So eine Art Nervenfieber war das, nicht wahr?«

»Hat man mich dort oben bei ihr gefunden?« fragte Ostap fast drohend.

»Ja, natürlich. Es entstand eine große Aufregung. Ich war zufällig in der Stadt, und ich kam gleich hierher … Du faseltest übrigens viel …«

»Faselte ich?«

In Ostaps Augen zuckte Angst auf.

»Ja. Du sprachst so ein unzusammenhängendes Zeug, wie man es im Fieber zu tun pflegt.«

»Worüber denn? Worüber?« Ostaps Angst wurde immer größer.

»Nun natürlich über die verlorene Liebe und dergleichen Gefühle.«

Ostap drehte sich nach der Wand um, es ließ ihm aber keine Ruhe.

»Du hast wohl Angst gehabt, daß ich im Fieber deine famosen Verschwörerpläne verrate?« fragte er ironisch.

»Ja, natürlich. Einem Besoffenen und einem, der im Fieber liegt, kann man alles zutrauen.«

»Ha ha ha … Deine kindischen Verschwörerpläne …«

Ostap lachte immer gereizter.

»Glaubst du denn wirklich, daß du die Welt zerstören wirst, wenn du ein paar Tausend Mark stiehlst?«

»Nein, das habe ich nie geglaubt.«

»Wozu willst du sie denn haben?«

»Um Menschen zu bilden.«

Ostap gähnte affektiert.

»Meinetwegen kannst du machen, was du willst. Aber ich werde keinen Finger rühren. Ich werde übrigens morgen wegfahren.«

Gordon lächelte.

Ostap suchte möglichst ruhig zu erscheinen.

»Diese Geschichte mit Hela hat mich sehr gequält. Jetzt ist es mir, als wäre mir ein Mühlstein vom Herzen gefallen. Das war ja auch nur eine Suggestion von dir …«

Aber mit einem Male brach er ab und verfiel in ein tiefes Nachdenken. Er war ganz zusammengesunken und stierte mit weit aufgerissenen Augen ins Zimmer hinein.

»Mein Vater weiß nichts davon?« fragte er plötzlich.

»Nein! dein Vater ist auf ein paar Tage verreist.«

Eine Weile verging. Ostap schien zu schlafen. Aber plötzlich sah er mißtrauisch zu Gordon auf und wieder flog Angst über sein Gesicht.

»Worüber du sprachst?« sagte Gordon und sah ihn nachdenklich an.

Ostap sprang erschreckt auf.

»Hab ich dich jetzt gefragt, worüber ich sprach?«

Er zitterte.

»Nein! Aber ich habe die Frage auf deinem Gesicht gelesen.«

Ostap sank erschöpft ins Bett zurück.

Es dämmerte. Der Mond warf das Bild des Fensters auf den Boden. Gordon starrte auf die breiten, schwarzen Rahmenstreifen, die das Mondlicht in weite Quadrate einteilten.

»Es freut mich«, sagte Gordon plötzlich, »daß dein Anfall so schnell vorüberging. Wir haben nicht viel Zeit vor uns. Wenn der Vollmond verschwindet, müssen wir anfangen.«

Ostap schlug rasend mit der Faust auf den Tisch.

»Ich will nicht! Ich rühre nicht einen Finger! Ich verfluche dich, du Satan, du Henker! Du hast jetzt mein Leben zerstört und nun willst du mich ins Zuchthaus bringen.«

Gordon schien gar nicht darauf zu achten. Er sprach wie in tiefem Nachdenken.

»Ich hoffe, daß du dir über das, was du zu tun hast, klar bist. In einer Woche wird es losgehen.«

Er sah Ostap ruhig an.

Das Mondlicht verschob sich inzwischen. Er konnte Ostaps angst- und qualverzerrtes Gesicht sehen. Sein Mund bebte und bewegte sich, schließlich vermochte er ein paar Worte herauszustoßen.

»Was meinst du? Was? Was?...«

Gordon antwortete nicht gleich.

»Sonderbar«, sagte er endlich, »sehr sonderbar, daß die Menschen in höchster Aufregung sich alle gleich werden. Du bist jetzt zum Verwechseln dem kleinen Stefan ähnlich, der an Schwindsucht stirbt.«

»Willst du mich wirklich zwingen?« flüsterte Ostap.

»Ich will dich nicht zwingen.«

»Du willst mich zwingen!«

»Nein! Du sollst es nur wollen.«

Langes Schweigen.

Als Ostap dann wieder zu sprechen begann, schien er ganz ruhig zu sein. Er sprach auch fließend, als hätte er sich lange überlegt, was er zu sagen hatte.

»Glaubst du«, – er flüsterte – »glaubst du, daß ich mich durch dich einschüchtern lasse? Glaubst du, daß du mich durch die Drohung eines Meuchelmordes zwingen kannst? Glaubst du es wirklich? He he ... Jetzt, wo du mir alles, alles zerstört hast ...«

Er brach ab und sah Gordon mit dem Ausdruck tiefsten Hasses an.

»Du hast es also gemacht!« brachte er mühsam hervor.

»Ja, ich!« Gordon schien über alle Maßen gleichgültig zu sein. – »Ich konnte es nicht mit ansehen, daß ein dummes Weib einen Menschen, wie dich, an der Nase herumziehen sollte ... Hela ist wohl nicht dumm, aber hysterisch ... Sei doch ein wenig vernünftig ... Diese lächerliche Aufregung! Ich habe dich nie anders als aufgeregt gesehen ... Übrigens muß ich jetzt gehen. Überlege es dir also nur gut, in einer Woche müssen wir beginnen.«

»Du kannst zum Teufel gehen!«

Er kam mit einemmal in eine furchtbare Aufregung.

»Oh, wie ich dich hasse! Du kannst dir nicht vorstellen, wie ich dich verabscheue! Jeder Muskel von mir, das Haar auf meinem Kopfe verabscheut und haßt dich! Du hast mich verdorben und sie, ja sie hast du zerstört. Sie! Sie! Ich glaube nicht, daß du an ihr gelitten hast. Das ist Lüge. Du wolltest sie nur zerstören. Durch die gespielte Qual, die du gar nicht empfandest, hast du sie gereizt und an dich gekettet und jeden Nerv an ihr zerstört. Jetzt endlich hab ich dich durchschaut. Du hast ihr das Gift, das sie jetzt zersetzt, ins Blut geimpft. Das ist dein Werk, daß ihre Seele jetzt verdirbt und verfault ... Jetzt kannst du sie ruhig wegwerfen, du hast dein Ziel erreicht.«

Er schwieg eine Weile.

»Ich bin jetzt mit dem Leben fertig. Ich will alles tun, selbst auf die Gefahr hin, daß ich dabei umkomme. Aber – ich will nicht im Zuchthaus sterben.«

»Zuchthaus? Warum solltest du im Zuchthaus sterben?«

»Höhn mich nicht! Hast du nicht...«

Ostap stutzte plötzlich.

»Nun«, er lächelte, »haben wir nicht oft genug das Zuchthaus gestreift? Du und ich? Heh?«

Gordon lächelte geheimnisvoll.

»Warum lachst du?«

»Es ist nicht das, weswegen du das Zuchthaus fürchtest. Nicht das, was wir zusammen verbrochen haben.«

Einen Augenblick schien es, als wollte Ostap sich auf ihn stürzen. Aber mit einem Ruck spannte sich sein Gehirn ab, er legte sich aufs Bett.

Gordon goß sich von neuem Tee ein.

»Es ist ganz fatal mit dir«, sagte er sehr traurig. »Man weiß nie, wo man dich hat.«

»Spotte nicht«, sagte Ostap müde, »du weißt ja gut, daß ich zu allem bereit bin.«

»Grade dasselbe hast du vor ein paar Tagen gesagt.«

»Jetzt kannst du sicher sein. Du hast mir das letzte, du hast mir Hela entrissen. Übrigens mußt du jetzt gehen. Ich will dich jetzt nicht sehen.«

Gordon sah ihn traurig an.

»Es tut mir sehr leid, Ostap, daß du mich so wenig kennst. Ich bin erstaunt, daß keiner von euch mich kennt. Ihr vermutet wohl zu viel hinter mir. Anders kann ich mir euer Mißtrauen nicht erklären. Entweder bin ich euer König und Herrscher, oder der infamste Schurke.«

Ostap winkte müde mit der Hand ab.

»Geh nur, geh! Ich werde alles machen, was ich kann. Du weißt es von früher her, daß man sich auf mich verlassen kann. Schick mir nur den Menschen zu, mit dem zusammen ich es machen soll … Aber ich will nicht, daß du mich ins Zuchthaus bringst …«

Gordon sah ihn lange an.

»Übrigens glaube ich gar nicht an deine Ideen. Das ist alles doktrinäres Zeug …«

Er spuckte aus.

»Ja, du, du, so wie du da stehst, bist nur ein Haufen von doktrinären Lumpen, die du auf allen Dunghaufen europäischer Hauptstädte zusammengesammelt hast.«

Gordon lachte laut auf.

»Donnerwetter! Hast du eine Wut im Leibe!«

»Farceur bist du! Snob! Blagueur!« schrie Ostap außer sich.

Aber Gordon hörte nicht auf ihn. Er blieb an der Tür stehen, und sagte sehr ernst ohne eine Spur von Gereiztheit:

»Ich möchte dich nie wieder sehen. Ich verachte dich. Du bist eigentlich noch ein Knabe. Du bist wütend auf mich, weil ich etwas von dir fordre, wovor du Angst hast und du bist zu feig, um mich nicht zu fürchten. Leider gebrauche ich dich. Ich möchte dich nicht gern verwenden, aber du mußt es nun einmal tun. Du mußt! Verstehst du? Ich werde dir bald den Menschen zuschicken, mit dem zusammen du es machen mußt … Leb wohl.«

Ostap hielt den Kopf mit beiden Händen fest, er schien nichts zu hören.

»Auf Wiedersehen! Ruhe dich aus, morgen sehen wir uns wieder.«

Als er an der Tür war, sprang Ostap plötzlich aus dem Bett und stürzte sich vor die Tür.

»Du wirst nicht gehen! Was, was weißt du? Was habe ich im Fieber gesagt?«

Seine Stimme brach, er keuchte.

»Hast du noch nicht bemerkt, daß ich alles weiß?« flüsterte Gordon. »Ich wußte es längst, daß du auch ein Kind des Satans bist. Man darf ihm nur nicht abtrünnig werden … Das rächt sich.«

VII

Als Gordon auf die Straße kam, hatte er den ganzen Auftritt vergessen. Er ging schnell die Hauptstraße entlang und trat dann auf den Landweg. Die Nacht war so hell und er hörte den Schnee unter seinen Stiefeln knistern. Er dachte an nichts anderes als an die helle Nacht und das Knistern des Schnees. Plötzlich hörte er in geringer Entfernung einen Schlitten auf sich zukommen. Unwillkürlich sprang er über den Graben und wollte quer über das Feld gehen. Es war ja auch näher.

Aber schon hörte er den Ruf: »Gordon! Gordon!«

Er zuckte auf. Es war Helas Stimme. Er wollte weiter gehen, bedachte sich aber und kehrte um.

»Komm doch her, Gordon!«

Er ging auf den Schlitten zu.

»Aha! ...du wolltest dich wie ein Dieb wegschleichen, aber deine Figur verrät dich ...«

Gordon grüßte. Neben Hela sah er in dem Schlitten Pola.

»Wir waren bei dir. Wir wollten dich überraschen ...« Hela lachte nervös ...»Wir sahen Licht in deinen Fenstern und glaubten, daß du dich versteckt hast ...Deine Knechte hast du wohl alle wegverkauft. Keine lebendige Seele im ganzen Hof ...«

Gordon lächelte liebenswürdig und ließ ruhig den Redestrom über sich ergehen.

»Sonderbar, sonderbar!« sagte er sehr höflich.

»Und wie steht es mit deiner Backe?«

Gordon hörte, wie Pola boshaft auflachte.

»Nicht angeschwollen? Nein? Nun, es war nur ein Scherz von mir.«

Wieder lachte Pola mit einem künstlichen Lachen.

»Nein! Der Schlag war zu schwach. Wie könnte auch dieses Händchen, das bis jetzt nur Liebkosungen für so viele Glückliche ...«

Er sah sie plötzlich die Peitsche hochschwingen, aber er sprang schnell zurück und wich dem Schlag aus.

»Adieu!« sagte er und nahm sehr tief den Hut ab. Er sah nur noch den Schlitten in rasendem Tempo fortstürmen.

Und Pola saß darin. Es kam also alles so, wie er sich dachte.

Er empfand eine grenzenlose Müdigkeit. Er knöpfte den Mantel auf und ging und ging. Der kurze Weg von der Stadt bis zu seinem Gut kam ihm endlos vor.

Endlich kam er an. In seinem Zimmer saß ein Mann.

Gordon wurde sehr froh.

»Wie kommst du her, Botko?«

Sie umarmten sich herzlich.

»Oh, wie gut, daß du gekommen bist.«

»Ich habe mir gedacht, daß es Zeit wäre. Ich komme direkt aus London. Aber du wohnst hier ganz wie ein Eremit, in diesem großen Hause.«

»Ja. Außer mir nur noch der alte Maciej mit seiner Frau. Beide würden für mich ins Feuer gehen. Sie verehren mich mehr als wie ein Heiligenbild.«

»Ich bin also hier wie ein Stein, den man ins Wasser geworfen hat?«

»Ganz und gar. Das Haus ist voll von Löchern und Verstecken. Du bekommst ein Zimmer, in dem dich auch bei strengster Haussuchung niemand finden könnte. Übrigens würden sich die beiden Alten eher den Hals abschneiden lassen, als etwas sagen, was sie nicht sagen sollen.«

»Die alte Frau scheint sehr diskret zu sein. Sie tat, als hätte sie mich schon zehn Jahre gekannt.«

»Ich habe ihr beschrieben, wie du aussiehst ...Aber sag mal nur, Botko, warum ...na, das ist ja Blödsinn, ich wollte dich fragen, warum du so spät kommst, aber du kommst ja noch zu früh ...«

»Geht es nicht weiter?«

»Oh, es geht vorwärts, aber langsam, sehr langsam ...«

»Nun, wen hast du hier?«

»Kennst du Hartmann?«

»Ich habe ihn ein paarmal in Paris und dann in London gesehen.«

»Ja. Siehst du. Ich habe ihn mit großer Mühe hergebracht. Er ist wahnwitzig geschickt. Er liebt übrigens die Philosophie und sein Gehirn.«

»Ja, ja ... Ich weiß ... Wen hast du noch?«

»Ostap. Den kennst du ja. Er ist nun ganz verrückt.«

Gordon dachte nach.

»Ich habe ihn eigentlich sehr gern. Er hat eine entsetzliche Angst. Er muß etwas furchtbares gemacht haben. Hm ... Er hat Angst, daß ich sein Geheimnis kenne. Das ist gut. Ich halte ihn nur mit der Angst an mir fest. Er hat in diesen Tagen einen Anfall gehabt, ich glaube epileptischer Natur. Nun hat er Angst, er habe alles in seinem Fiebergeschwätz verraten. Er weiß gut, daß ich von seinem Geheimnis keinen Gebrauch machen würde, in keinem Fall, aber diese Angst läßt sich nicht wegdisputieren. He he ... Du weißt, welche Angst ein gebildeter Mensch vor dem Zuchthaus hat ... Bei einem Knecht würd ich riskieren, daß er sich selbst anzeigt, sich und alle kopfüber ins Verderben stürzt, aber unsereiner begeht zehnmal lieber einen neuen Mord, bevor er sich ins Zuchthaus bringen läßt. Mich widert die ganze Sache im höchsten Maße an, aber Ostap ist die Hauptperson ...«

»Wer noch?«

»Ein schwindsüchtiger Student, der Brand anlegen will. Das ist außerordentlich gut. Brand, der gleichzeitig an mehreren Stellen ausbricht, ist ein sehr wirksames Mittel.«

»Und all das willst du nur mit den drei Menschen tun?«

»Ist das nicht genug? Drei! Das ist schon viel zu viel. Am liebsten würd ich das alles allein machen, aber ich muß warten. Ich habe größeres, viel größeres zu verrichten.«

Gordon kam in Hitze.

»Ich werde ein ganzes Stück Erde zerstören. Ich allein. Vielleicht nur mit Hilfe von ein paar Menschen. Sieh dir nur die Menschen an, diese armen drei Menschen. Sie sind alle mein. Der Knabe, der in einem verfaulten Zimmer hinsiecht mit der kranken Verzweiflung, daß er unrettbar sterben muß, und mit dem wilden, fanatischen Haß gegen alles, was ihn zerstört hat, ist *mein!* Der andere, der ein Verbrechen begangen hat und sich durch die Liebe, die ich ihm zerstört habe, retten wollte, ist *mein.* Der Philosoph, dem das Denken das Herz ausgedörrt hat, ist *mein.* Das Weib, das plötzlich zu lieben beginnt und Ekel vor ihrer Vergangenheit bekommt, ist *mein!* Jeder, der Angst hat, jeder, der verzweifelt ist, der die Zähne in ohnmächtiger Wut aneinanderbeißt, jeder, der das Zuchthaus streift, jeder, der hungert und gedemütigt wird, der Sklave und der syphilitische Herr, die Hure und das geschwängerte Mädchen, das von ihrem Liebhaber verlassen wird, der Sträfling und der Dieb, der Literat, der keinen Erfolg hat, und der Schauspieler, der ausgepfiffen wird – sie alle, alle sind *mein.* Sie arbeiten mir in die Hände. Sie bereiten die Verzweiflung und die Empörung und den Aufruhr. Sie säen für mich und ich mahle ihre Ernte. Ich brauche sie nicht alle, sie stehen hinter mir ... Sie alle, wir alle sind durch das eine Band, das eine Verbrechen: die Verzweiflung, aneinander gekettet. Einer weiß nichts von dem anderen, aber wir alle sind Brüder.«

Er trank hastig.

»Lüg ich, lüg ich etwa, wenn ich meinen drei Knechten sage, daß sie eine Legion sind, daß sie im Sinne einer ungeheuren Verschwörung, die über das ganze Land verbreitet ist, arbeiten? Lüge ich? Nein! In jedem Orte, in jeder Stadt habe ich meine Verschwörer. Einer weiß nichts von dem anderen, aber ich weiß um sie alle.«

Er zuckte nervös.

»Oh Gott, wie sie arbeiten! Der, der da dem Gotte flucht und den Atheismus predigt, der, der einen Menschen unglücklich macht und die Umwertung der Werte lehrt, um sein böses Gewissen zu beruhigen, der, der keinen Raum für seinen Ehrgeiz findet und die Ordnung der Dinge umstürzen will, der Gekränkte und der Unzufriedene – sie alle arbeiten für mich! Und ist alles zerstört, ist alles vergiftet und verpestet, dann übergeb ich Hartmann die Welt zur Reform.

Hartmann allein! Er wird der Lycurg und der Draco, Cromwell und Calvin der neuen Welt werden. Im Namen seiner Vernunft und seiner Gerechtigkeit wird er Morde und Verbrechen begehen, er wird von neuem Gift und Pest der Welt einimpfen. Hartmann ist ein Saint Just, ein tugendhafter Robespierre … Ha ha ha …«

Botko sah Gordon lange an.

»Du bist überreizt. Nimm dich in acht!«

»Nein, nein! ich habe mich vollkommen in der Gewalt. Aber denke nur, seit einem Jahre hab ich nicht gesprochen. Verstehst du? seit einem Jahre.«

»Wenn du hier fertig bist, was willst du dann tun?«

Gordons Gesicht leuchtete unheimlich auf.

»Ich habe einen Priester«, flüsterte er triumphierend. »Verstehst Du, was das heißt? Das ist der höchste Trumpf. Das ist Schisma, das ist das neue Avignon!«

Er trank hastig, aber mit einem Mal sank er ganz zusammen. Seine Augen schlossen sich. Er schlief ein.

Botko sah ihn lange an und schüttelte bedenklich den Kopf.

Am Vorabend

I.

Wronski saß am Ofen und starrte mit irrer Verzweiflung in das Feuer.

Es dämmerte im Zimmer, und der helle Abglanz des Schnees verschmolz mit dem Schein des Feuers zu einer düsteren, hoffnungslosen Stimmung.

Er stemmte die Ellenbogen auf die Knie, stützte den Kopf in beide Hände und vergrub die Finger in seine Backen.

Pola wird da stehen – da, vor meinem Bett … An dem Kopfende wird sie die Kerze anzünden, vielleicht ein Kreuz mir in die Hände drücken … Ich werde mir alles gefallen lassen, ich werde nur in einer stumpfen Agonie alle anstarren, ich werde einen Schrei des Krampfes in mir erwürgen, weil ich nicht genug Kraft haben werde, ihn auszustoßen … Oh, wenn ich nur dann wenigstens schreien könnte! Vielleicht werde ich weinen, – lautlos in mir verbluten …

Sein Herz klopfte und hämmerte, er zitterte und es fröstelte ihn.

Mein Gott! Mein Gott! Er stand auf und ging wankend im Zimmer auf und ab.

Und hier, hier … Grade, wo ich jetzt stehe, wird in ein paar Wochen der Sarg stehen.

Er sah sich deutlich: die tote, erstarrte Masse, das maskenhafte Gesicht mit den blauen Lippen und den schwarzen Ringen um die eingefallenen Augen.

Eine kranke, wahnsinnige Angst packte ihn.

Er hörte die gefrorenen Erdklumpen auf seinen Sarg niederfallen. Er hörte die dünnen Sargbretter heftig erdröhnen, unter jedem Wurf sich biegen und brechen. Einen Meter Erde über sich! … Huh, huh … seine Augen fühlte er hervorquellen, er sah die Hände unstet, rastlos hin und her laufen, seine Brust war wie verschnürt, er konnte nicht Atem holen.

Dann lachte er auf, griff nach der Flasche und trank in einem langen, gierigen Zug.

Nur nicht denken, nur nicht denken! wiederholte er mechanisch vor sich hin.

Er wankte nach dem Fenster und kühlte sich an der Scheibe die fiebrige Stirn.

Mein König, mein Satan, du sollst zufrieden sein. Ha ha ha … So starb noch keiner! Ich ein Brandstifter?! He he … Ich bin die ausgleichende Gerechtigkeit. Auge um Auge! So muß es sein! So muß es sein!

Er strengte sich an, weiter zu denken. Er suchte es sich vorzustellen, wie er es machen werde. Doch nein! Nicht heute! Er hatte so viel darüber nachgedacht. Er wollte nicht weiter darüber denken. Gedanken sind Würmer, sagt Schopenhauer, sie könnten ihm leicht seinen Willen zerfressen …

Ha ha … Sterben! Jammern, daß man sterben muß, still jammern, winseln, resignieren, Liebe in seinem Herzen bis zum Schluß zu bewahren und da liegen, den Umstehenden, den Teuersten zärtlich die Hände zu drücken … er würgte sich am wütenden Lachen – weise und tiefe Worte über die Vergänglichkeit des Irdischen zu sprechen, vielleicht noch weiche Andeutungen auf die Zukunft im Himmelreiche zu machen … oh! oh! Welch ein großes Ideal des bürgerlichen Todes!

Er knirschte mit den Zähnen.

Ich will nicht bürgerlich sterben, ich will mich rächen, ich will zerstören … Wart mal, du Hund! Um hundert Mark hab ich dich gebeten, für hundert Mark hätt ich gleich ins Lazarett kommen können und brauchte jetzt nicht zu sterben. Wart, du herzloser Hund, jetzt sollst du Tausende einbüßen. Ich werde dir eine kostspielige Illumination bereiten!

Er sah, wie furchtbare Flammengarben das Dach zerrissen, wie die Villa in dem brünstigen Flammenmeer verschwand … Durch Tür und Fenster drangen dicke Rauchwolken hervor, er sah sie schwer hin und her wogen und plötzlich in mächtigen Feuersäulen auflodern.

Fieber raste in seinem Körper. Das war zu wenig, das ging zu langsam, das war nicht mächtig genug! Er möchte Häuser aus der Erde herausreißen und sie ins Feuer werfen, eine ganze Welt müßte im Feuer aufgehen, dann würde sein Herz zufrieden sein …

Er lief im Zimmer umher. Die ganze Stadt sah er im Brand aufgehen. Die Erde öffnete sich an tausend Punkten, aus jedem Winkel, aus jeder Spalte krochen Flammen hervor, wuchsen hoch, die Spalten wurden zu abgründigen Schlünden, die ganze Erde wurde zu einem vulkanischen Krater, in dicken Massen ergoß sich das Feuer, wälzte sich in die Wälder, wälzte sich über Dörfer und Städte, ein Krachen und Bersten und Prasseln betäubte ihn, seine Augen wurden blind von dem Feuerhuragan: er schloß die Augen und schwelgte in dem wüsten Orkan der Zerstörung.

Er schrak auf. Es kam ihm vor, daß das Herz sich von seinem Organismus losgelöst hat. Es war überall. Er hörte es in jeder Ader, in jeder Pore seines Körpers klopfen: in den Schläfen, in der Stirn, in der Kehle ... Nun war es wieder in der Brust, hier ... da ... Nein! Wieder oben, ganz oben, er könnte es jetzt ausspeien.

Verzweifelt warf er sich auf das Bett und hielt gewaltsam seine Brust mit beiden Händen fest. Er hörte das Herz gegen seine flachen Hände klopfen, aber es war, als hielte er etwas, das selbständig, für sich lebte, in den Händen, etwas, das in der nächsten Sekunde hin und her fliegen ... und ... vielleicht aufschreien werde!

Die Idee, daß sein Herz aufschreien könnte, kam ihm plötzlich so selbstverständlich vor, daß er vom Bette aufsprang und mitten im Zimmer stehen blieb.

Trink doch! Trink! fuhr es ihm durch den Kopf.

Und er trank hastig, hustete bis zur Erschöpfung, seine Kräfte verließen ihn, er sank auf das Bett zurück.

Plötzlich fühlte er sich so sonderbar stark. So stark hat er sich schon seit Jahren nicht gefühlt. Er betastete seinen Körper, er hustete auf, aber sein Husten war frei und schmerzlos. Er hustete überhaupt nur auf, um zu fühlen, daß er nun wirklich stark und gesund war.

Er stand auf.

Sonderbar, daß er doch kein Glück empfand! Es war ihm, als hätte er eine kleine Sehnsucht nach seiner Krankheit zurück.

Er fühlte sich nur stark, nichts mehr als stark. Er bewegte seine Arme hin und her, machte Turnübungen, aber nicht eine Spur von Ermüdung.

Er war erstaunt und sehr ruhig.

In seiner Seele fühlte er eine endlose Erbitterung und Kraft. Er mußte gehen, ganz sicher irgendwohin gehen, aber er wußte nicht warum und wo.

Er trat auf die Straße und ging aufs Feld. Er ging sehr lange und sehr schnell, aber er war durchaus nicht ermüdet.

Plötzlich sah er ein weites, altes Gebäude vor sich, das ihm sonderbar bekannt vorkam. Er strengte sich an, um es zu erkennen. Er ging herum, er zählte die Fenster des ersten Stockes, sah in die vergitterten Fenster des Erdgeschosses und auf einmal erkannte er es: das war ja das Rathaus!

Jeder Nerv klopfte in ihm und die Angst verschnürte ihm die Kehle: er war am Ziel.

Da besann er sich, daß er erkannt werden könnte, wenn er so herumliefe. Es war so hell. Der Schnee leuchtete, und der Mond – nein! es war kein Mond da, aber der Himmel glühte, als hätte er sich im Feuer aufgelöst...

Er suchte nach einem Schatten, bemerkte aber zu seinem Schreck, daß das Haus keinen Schatten warf.

Er irrte rastlos umher, er hörte überall Schritte, er fühlte eine ungeheure Masse Menschen um sich herum, die ihn umzingeln, ihn wie ein wildes Tier zu stellen versuchten. Aber er sah keine Menschen.

Nein! Keine Menschen! Das alles war natürlich nur das Schreckgespinst seiner Seele. Natürlich! Denn es dunkelte plötzlich, er bemerkte auch einen dicken Baum. Er verbarg sich hinter ihm. Von dem Kirchturm her hörte er zehn Uhr schlagen.

Jetzt mußte er handeln! Er hörte das Pfeifen des Nachtwächters. Aber er zitterte so, daß er sich nicht von der Stelle rühren konnte. Endlich raffte er sich auf, schlich sich vorsichtig in das Rathaus hinein und verbarg sich hinter der Treppe. Plötzlich erschrak er heftig: er sah Licht! Jetzt würde er entdeckt werden! Er preßte sich fest an die Wand, sie gab nach, sie rückte immer weiter zurück, sie öffnete und schloß sich hinter ihm, er hörte Schlüsselklirren: eine unbändige, tierische Freude flammte in ihm auf.

Nun ging er leise eine lange, lange Treppe hinauf. Schließlich befand er sich auf dem Boden mitten unter großen Papierballen. Wo er nur hinsah, waren unermeßliche Mengen vergilbter Aktenstücke übereinander hoch aufgeschichtet. Sie lagen auch überall herum und manchmal stolperte er über große Papierhaufen.

Er lachte still in sich hinein. Er hatte Lust laut aufzujauchzen, aber er besann sich, daß er dann entdeckt würde.

Nie hatte er eine solche uferlose Freude empfunden, er war wie aufgelöst in dieser jauchzenden Ekstase und nur mit Mühe unterdrückte er wilde Schreie des Triumphes.

Er holte eine große Kanne mit Petroleum hervor, goß es über das Papier, er schwang die Flasche hin und her in weitem Bogen. Er fühlte sich als ein Priester, der seine Gemeinde mit dem Weihwasser besprengt. Er schwang sie noch im rasenden Jubel, als er schon fühlte, daß sie leer war, dann trat er zurück und warf ein brennendes Streichholz hinein.

In einem Nu schlugen die Flammen hoch auf.

Eine violette und grüne Atmosphäre von Feuer wirbelte um ihn.

Eine entsetzliche Angst erfaßte ihn. Er wollte wegfliehen, vermochte es aber nicht. Er hörte ein Krachen und Prasseln, seine Kleider fingen Feuer, über ihm stürzten die Balken zusammen, er streckte die Hände hoch, um sich aufzuhalten, schrie gell auf und erwachte.

Er sah ins Zimmer hinein.

Am Ofen sah er einen Mann sitzen.

II.

Wronski rieb sich die Augen. Nein! Es war kein Traum. Es saß wirklich ein Mensch dort. Aber er war so verwirrt, daß er die Gedanken nicht zu sammeln vermochte. Er starrte nur den Fremden an und bemühte sich vergeblich, sein Gehirn auf ihn zu lenken.

Ihre Augen begegneten sich. Der Fremde stand auf und kam an sein Bett.

»Ich bin Botko«, sagte er freundlich. »Sie wissen bereits, wer ich bin. Ich klopfte, aber Sie haben es wohl nicht gehört. Ich dachte mir gleich, daß Sie schlafen. Ich kam sehr vorsichtig herein ... Wie geht es Ihnen? Ich höre, daß Sie sehr krank sind.«

Wronski fuhr bei dem Namen Botko auf. In einem Nu kam er zu Bewußtsein. Eine seltsame Klarheit breitete sich in seinem Gehirn aus und eine plötzliche Angst erfaßte ihn. Es war ihm, als säße er in einer Zelle und werde nun abgeführt, um hingerichtet zu werden. Er fühlte mit einer peinlichen Sicherheit, daß das, woran er sich in seiner Phantasie berauscht hatte, jetzt Wirklichkeit zu werden beginne.

»Sie scheinen sehr erregt zu sein, Herr Wronski. Sie sind wohl zu plötzlich aufgewacht und können sich nicht zurechtfinden ...«

»Ja so ... ja ... ja ... ich weiß ... Bitte ... ich bin krank ...«

Wronski wurde noch verwirrter und stammelte.

Es entstand eine Pause.

Botko sah sich um, er schien ein ungewöhnliches Interesse an dem Zimmer zu haben.

»Die Wohnung ist sehr naß. Sie könnten fortziehen. Die Pilze an den Wänden sind Grund genug, um fortzuziehen ...«

»Das Haus gehört mir.« Wronski hat sich inzwischen gefaßt. »Es ist das einzige Erbstück von meinem Vater.«

»Sie wohnen hier allein?«

»Ja. Kein Mensch will natürlich hier wohnen ...«

Wronski machte eine ungeduldige Handbewegung, ging an den Tisch und trank aus der Flasche.

Plötzlich fiel ihm ein, daß er noch nie so unnatürlich und gezwungen war. Er hatte doch zum Teufel keine Angst! Er sah mißtrauisch Botko an, aber Botko schien geflissentlich nichts bemerken zu wollen.

»Dieser Graben vor ihrem Haus führt wohl direkt in die Nähe des Rathauses?« fragte Botko ganz unvermittelt. »Ich bemerkte eine Brücke in einer kleinen Straße ...«

Wronski war sehr unangenehm berührt. Er suchte das innere Zittern zu überwinden.

»Ja, beinahe an das Rathaus. Sie meinen doch das Rathaus ... Sie haben wohl auch bemerkt, daß der Graben mit Weidenbüschen dicht bewachsen ist ...«

»Ja, das habe ich bemerkt.« Der Fremde sah Wronski freundlich an und lächelte.

»Man kann sich gut darin verstecken, ohne gesehen zu werden ... Ich meine, daß man gut gedeckt ist, wenn man an dem Graben entlang geht ...«

»Ja, sehr richtig.«

»Auf diese Weise kann man bis zu der Brücke kommen, von der Sie sprachen ...«

Wronski wurde plötzlich ruhig. Seine Phantasie begann zu arbeiten.

»Nun denke ich mir, wird das Beste sein, wenn man unter der Brücke geht ... die Häuser, die nun an dem Graben stehen, haben keine Fenster nach dem Graben zu. Von beiden Seiten nur hohe nackte Mauern. Haben Sie es bemerkt?«

»Ganz recht.«

»Nun kann man, ohne bemerkt zu werden, bis dicht an die Gartenmauer des Rathauses kommen ...«

Botko brach ihn ab.

»Na, der Tee wird wohl jetzt fertig sein?«

Er goß sich Tee ein.

»Sie waren in Zürich auf der Universität?«

»Ja, anderthalb Jahre.«

»Sie haben sehr viel in den revolutionären Kreisen verkehrt?«

»Ja, ich war Sekretär bei der 'Freiheit'.«

Wronski sagte es fast stolz und sehr freudig erregt. Er merkte aber, daß er den Stolz ein wenig knabenhaft zur Schau trug. Er sah mißtrauisch Botko an. Aber Botko war ernst und nachdenklich.

»Ich habe Sie einmal im Klub gesehen.«

»So?«

»Sie haben damals ganz ausgezeichnet gesprochen. Sie entwickelten einen Plan, der mir ungemein gut gefiel. Sie sagten, daß man ins Priesterseminar gehen solle, denn nur als Priester könne man eine große Macht über das Volk auf dem Lande bekommen und die Masse allmählich revolutionieren. Das Mittel war auch sehr gut. Nicht wahr? Sie dachten an die kommunistischen Grundsätze des ersten Christentums, die man dem Volke vorpredigen solle? Das meinten Sie doch?«

»Ja.«

»Sie haben auch auf das Beispiel des Priesters Sciegienny hingewiesen, der ähnlich gearbeitet hat ...«

»Ja. Aber Sciegienny war ungeschickt. Übrigens war das Ganze gar nicht meine Idee. Ich habe an etwas Ähnliches gedacht, aber diesen Plan hat Gordon gegeben.«

»Nun, darauf kommt es nicht an. Ähnliche Gedanken trifft man überall. Aber die Art und Weise, in der Sie den Plan besprachen, hat mir gezeigt, daß Sie sich mit ihm sehr vertraut gemacht haben.«

»Ja, ich wollte Priester werden.«

»Wollen Sie es noch?«

»Ich muß sterben!«

»So sicher ist es doch wohl nicht?«

Wronski wurde unwillig.

»Lassen wir das! Wir können zur Sache kommen.«

»Oh, das ist nicht nötig. Ich sehe, daß Sie den ganzen Plan mit der äußersten Sorgfalt überlegt haben.«

Wronski sah ihn wieder mißtrauisch an, aber das Gesicht von Botko war ruhig, ernst und ehrlich.

»Sie haben sich sehr viel mit Archäologie beschäftigt«, sagte Botko nach einer Weile. »Ich habe bei Gordon eine ihrer historischen Arbeiten gelesen – über die Gründungsgeschichte des hiesigen Klosters.«

Wronski empfand ein freudiges Gefühl.

»Sie haben das hiesige Archiv benutzt. Es scheint sehr reich zu sein. Ist es im Rathaus untergebracht?«

»Rathaus?«

»Nun, wenn das Material wertvoll ist...«

»Nein! Im Rathaus liegt nur ganz wertloses Material ... Ganze Haufen von Papier liegen da oben ... Ich bekam die Idee, das alles mit Petroleum zu begießen ...«

Wronski sagte es fast boshaft.

»Ich habe es geträumt ... War es nicht das, was Sie wissen wollten?«

»Nein! Aber es wäre gut, Petroleum nach oben zu schaffen. Sie werden es natürlich dort vorfinden ...«

Wronski erbebte. Die Gewißheit, daß seine Träume jetzt zur Wirklichkeit werden sollten, erschreckte ihn ... Das Blut stieg ihm nach dem Kopf, er fühlte das Fieber hochwallen.

»Die Hunde haben mich getötet!« sagte er ganz unvermittelt. »Jetzt werde ich mich rächen. Ich soll mich rächen! Nicht wahr? nicht wahr? Ist Rache nicht das edelste Gefühl? Grade das Umgekehrte von dem, was die bürgerliche Moral lehrt? Noch vor einer Stunde fühlte ich Angst. In die tiefsten Nerven hat sich die verfluchte bürgerliche Moral eingekeilt. Aber *der* ist Gott, der *das* zu verachten lernt, wovor er Angst hat. *So* zu verachten, daß es aufhört, für ihn zu existieren. Ich meine *so* zu existieren, daß es imstande wäre, ein Gefühl zu erzeugen. Sehen Sie, sehen Sie, ich gehe jetzt herum und denke und kämpfe mit mir. Nietzsche hat die Werte auf dem Papier umgewertet. Ich werte sie in mir um. Ich will das Böse, das sogenannte Böse mit derselben Selbstverständlichkeit tun, mit der ein Müller oder ein Schulze das Gute tut. Ich werde nicht eher ruhen, bis ich die paar Buden mit derselben Ruhe, mit dem seligen guten Gewissen niederbrenne, mit dem ich einem Bettler ein Stück Brot gebe. Ja, das will ich, ich, verstehen Sie?«

Er setzte sich auf das Bett. Um Botko herum sah er feurige Kreise, die immer schneller wirbelten. Schließlich fing auch Botko vor seinen Augen zu wirbeln an. Sein Gehirn spannte sich ab. Er war nicht imstande zu denken.

»Ist Ihnen übel?«

»Nein, nein! Aber was für einen eleganten Anzug Sie anhaben.«

»Ich darf nicht auffallen.« Botko lächelte. »Ist man elegant gekleidet, fällt man niemals auf. Übrigens sind Sie abgespannt und bedürfen wohl Ruhe ...«

»Nein, nein!«

Lange Pause.

»Haben Sie auch an die Villa gedacht, dort am See?«

»Die Villa? Ja! die Villa!«

Wronski fuhr sich mit der Hand über die Stirn.

»Wissen Sie ... Ich weiß nicht, woher ich die Idee bekam. Eine unerhört großartige Idee! Eine Idee, die noch kein Mensch vor mir gehabt hat.«

Er packte Botko am Arm.

»Wissen Sie, warum ich sterben muß? Verstehen Sie das? Wegen einhundert Mark! Wegen einhundert Mark muß ich jetzt krepieren.«

»Wegen einhundert Mark?«

»Ja. Ich bekam Influenza und darauf Lungenentzündung. Ich war sehr geschwächt, ich sollte ins Lazarett. Ich schrieb an diesen Menschen, der die Villa besitzt. Wissen Sie, was er geantwortet hat? Er besitze selbst nicht hundert Mark! Ha ha ha! Jetzt werd ich mich rächen! Er hat unermeßliche Schätze dort oben ... Rächen werd ich mich! Wir alle sollen lernen uns zu rächen. Das soll unser mächtigster sozialer Instinkt werden. Die Utopisten wollen Glück! Ich will Rache! Rache soll mir Glück verschaffen.«

»Wie wurde es da mit Ihnen?«

»Gordon hat mir Geld geschickt, aber da fing ich schon an, Blut auszuwerfen ...«

Schweigen.

»Ja, richtig! Meine Idee ... Meine grandiose Idee ... Glauben Sie, ich will hier ein Stück nach dem anderen langsam verfaulen? He he ... Jetzt habe ich genug! Mit einem Ruck, dort in der Villa, in dem Flammenmeer ...«

Er flüsterte.

»Verstehen Sie, was das heißt, einen Meter gefrorener Erde über seinem Sarg zu haben? Nein, natürlich nicht über dem Sarg. Der Sarg ist inzwischen in Stücke geborsten, aber ... he he ... verstehen Sie nicht, daß diese gefrorenen Erdklumpen meinen eigenen Körper zerquetschen werden?«

Botko antwortete nichts.

»Verstehen Sies nicht?«

»Ja, ich verstehe ...«

Pause.

»Sie wollen sich also in der Villa verbrennen lassen?«

»Ja!«

Botko stand auf und drückte herzlich Wronskis Hand.

Wronski wurde plötzlich sehr verstimmt. Er fühlte Wut und Scham gegen sich, daß er sich so ausgeliefert hat. Sein Mißtrauen gegen Botko wurde noch viel stärker. Wenn der Mensch nur gehen möchte.

»Meinetwegen brauchen Sie sich gar nicht zu ängstigen«, sagte er barsch.

»Oh, wie mißtrauisch Sie sind!« Botko lächelte. »Hätten wir nur mehrere von Ihrem Schlag ... Wenn der Schnee geschmolzen ist ... Novemberschnee hält sich niemals. Er taut übrigens schon.«

Wronski erinnerte sich, daß er vom Schnee geträumt hat.

»Der Schnee leuchtet!« sagte er tiefsinnig.

»Das ist nicht das schlimmste, aber er hinterläßt Fußspuren ...«

Wronski glaubte zu bemerken, daß Botko mit einem überlegenen Lächeln und mit einem spöttischen Ausdruck auf ihn herabsah. Grade wie auf einen Schulbuben.

»Halten Sie mich denn für einen Narren?« fuhr er rasend auf.

»Gott, wie mißtrauisch Sie sind. Ich freue mich sehr, Sie kennen gelernt zu haben. Übrigens bin ich sehr ehrlich. Leben Sie wohl. Gordon wird Sie bald besuchen.«

III.

Wronski war sehr erregt.

Der Mensch scheint mich wirklich für einen Knaben zu halten. Lächerlich! Sie glauben natürlich nicht, daß ich imstande bin, meinen Plan auszuführen. He he ... Sie glauben, ich will mich nur interessant machen.

Er ballte wütend die Fäuste.

Sie sollen es sehen.

Er kam in eine fieberhafte Aufregung. Sein Gehirn war zum Platzen voll, aber die Gedanken zersplitterten sich. Er konnte sie nicht sammeln. Alles, was er dachte, kam ihm wie ein unendlich langer Satz vor, zerrissen durch tausend Bedingungen, tausend Relativitäten ... Er konnte den Satz nicht übersehen. Er merkte nur, daß er beständig nach etwas suchte.

Er blieb mitten im Zimmer stehen und sann lange nach, wonach er eigentlich suchte.

Aha! Wollte er über die Gartenmauer hinüber, so mußte er doch ein Stemmeisen haben, oder so was ähnliches ...

Aber plötzlich vergaß er es ganz und gar. Er hatte sein Gehirn nicht mehr in seiner Macht, er ging an die Tür, schloß sie vorsichtig auf, ein unangenehmes Kältegefühl in den Füßen brachte ihn wieder zur Besinnung.

Die Stiefel, die Stiefel! Er mußte doch die Stiefel anziehen, wenn er ausgehen wollte.

Er suchte nach den Stiefeln, nahm einen Schal, den er sich um den Hals wickelte, und besann sich mit einemmal auf sich selbst.

Aber zum Donnerwetter, bin ich denn verrückt? Was will ich eigentlich machen? An die frische Luft natürlich ... Hier ersticke ich, ich muß ja atmen, einmal ordentlich aufatmen.

Er wiederholte es unaufhörlich. Eine ungewöhnliche Freude, daß er wieder einmal ordentlich aufatmen werde, bemächtigte sich seiner Seele.

Plötzlich stutzte er.

Ja, richtig, er müßte doch an Pola ein paar Worte zurücklassen, daß er bald zurückkommen werde.

Er suchte nach Tinte und Papier, aber von neuem wurde er zerstreut. Als er zu sich kam, saß er auf dem Tisch und hatte das Gesicht in die Fäuste geklemmt.

Er wurde rasend. Er werde doch nicht verrückt werden! So viel Kontrolle besäße er noch über sich selbst, daß er wisse, was er tue.

Er ging hinaus, schlich leise die Treppen hinunter und blieb im Haustor stehen. Es war ganz Frühlingsluft draußen, so mild und so gut. Der frisch gefallene Schnee taute wieder auf.

Er trat auf die Straße. Der Vollmond genierte ihn. Man muß doch unbemerkt bleiben! Er sah sich ängstlich um. Kein Mensch! Er lauschte: es war so ruhig. Kein Laut ...

Er ging quer über die Straße und erreichte schnell den Graben.

Ja, die Weidensträucher waren hoch genug. Sie würden ihn decken. Aber sie warfen den Schatten in den Graben hinein. Er mußte natürlich im Schatten bleiben. Das Gehen wurde sehr mühselig, denn die Böschung war steil und die Erde von dem Tauwetter gelockert. Hin und wieder war er nahe am Fallen, mußte sich sogar einmal auf den Rücken werfen, um nicht kopfüber in den Graben zu stürzen.

Er hielt sich fest an den Weidenästen, war anfangs in großer Angst, daß sie brechen könnten, aber nach und nach überzeugte er sich, daß sie sehr elastisch waren.

So kam er in die Nähe der Brücke.

Er lauschte. Wenn jetzt Menschen über die Brücke gingen, so würde er zweifellos bemerkt werden ...

Wie spät konnte es jetzt sein? Doch nicht über zehn? Nein, nein, unmöglich.

Er wollte weiter gehen, aber er wagte nicht, sich zu rühren.

Da kam ihm eine fürchterliche Idee in den Kopf. Wenn jemand ihn am Ende doch gesehen hatte und ihm leise nachgeschlichen war! Er hatte Fieber, das Brausen in seinem Kopfe verhinderte ihn am Hören.

Aber er beruhigte sich sofort.

Das ist unmöglich! Hab ich Fieber, so sind natürlich meine Nerven schärfer als sonst, und dann müßte ich alles gehört und gesehen haben.

Eine plötzliche Energie erfüllte ihn mit neuer Kraft.

Er schlich sich an die Brücke heran, kletterte auf einen Längsbalken der Pfeilerrüstung, schob sich bis zur Mitte, wo er einen Querbalken vorfand, gelangte mit leichter Mühe auf die andere Seite, stieg herunter, aber nun wurde die Sache bedeutend schwieriger.

Die Ufer des Grabens gingen fast steil herunter, zu beiden Seiten die Mauer der Häuser, so daß sie mit den Ufern eine senkrechte Linie bildeten.

Er drehte sich langsam mit dem Gesichte nach den Mauern zu und schob sich nun mit Hilfe spärlicher Rasenstücke vorwärts.

Da fühlte er seine Kräfte erlahmen, sie verließen ihn mehr und mehr mit jeder Sekunde.

Wenn er jetzt ohnmächtig würde, müßte er unfehlbar in den Graben stürzen.

Er raffte seine letzten Kräfte zusammen, mit verzweifelter Anstrengung gelang es ihm endlich, die Gartenmauer zu erreichen. Hier faßte er festen Fuß, denn die Mauer stieß nicht direkt an den Graben heran. Es war ein ziemlich großer Abstand.

Er atmete erschöpft. Er zitterte an allen Gliedern.

Das könnte er nicht noch einmal machen. Das würde er nicht machen können. In diesem erschöpften Zustand würde er nichts erreichen.

Er wurde sehr traurig. Er mußte sich mit aller Kraft zurückhalten, um nicht loszuweinen.

Er fand einen Stein vor und setzte sich hin.

Nein, das ging nicht! Er mußte unbemerkt durch die Stadt gehen und sich in dem Rathaus einschließen lassen. Die Freude, die Aufregung würde ihm genug Kraft geben ... Ja, ja, dann würde er genug Kraft haben ... He he ...

Da fuhr es ihm plötzlich durch den Kopf:

Aber mein Gott, bin ich denn verrückt? Hundert Menschen können sich ja auf der Brücke aufstellen und sehen, wie er an den Mauern der Häuser den Graben entlang kriecht, er war ja durch nichts gedeckt. Man konnte ihn ja ganz genau sehen ...

Gott! Gott! war er denn wirklich verrückt, daß er gar nicht daran dachte? War sein Gehirn gelähmt? Blind? Wozu nur die lächerliche Vorsicht, wenn er von der ganzen Welt gesehen werden konnte!

Er zitterte heftig.

Eine Menge Geschichten, die er über die Verbrecher gelesen hatte, wirbelte durch sein Gehirn. Es ist also doch wahr, daß die Verbrecher, trotz der peinlichsten Vorsicht, sich immer durch die dümmsten Dinge verraten. Also ist Verbrechen eine Krankheit, denn beim gesunden Verstande denkt man an so etwas zuerst ...

Er mußte über sich wachen. Er mußte jeden Schritt hundertmal überlegen, er mußte die geringste Kleinigkeit ganz genau untersuchen ...

Er raffte sich zusammen.

Man muß klar und kalt sein: ein abgebröckeltes Stück von der Mauer, das auf den Kleidern hängen bleibt, ist Beweis genug.

Er begann mit zwei Gehirnen zu denken. Er fühlte hinter seiner Gehirntätigkeit noch ein anderes Gehirn fiebern und in Angst erzittern, aber er sprach beständig mit sich selbst und ließ das andere Gehirn nicht durchbrechen.

Nun mußte er die Mauer untersuchen, wo er seinen Fuß einsetzen könnte.

Er tastete mit den Händen und fuhr mit den Fingern die Fugen entlang.

Aber seine Energie schmolz, er wurde wieder zerstreut und so schwach, daß er sich hinsetzen mußte.

Er sank ganz in sich zusammen.

Ich kann ja gar nicht mehr denken. Ich kann ja die grenzenlose Zerstreuung nicht mehr bemeistern. Ich werde mich durch den ersten Schritt verraten und ich werde ergriffen, bevor ich noch etwas gemacht habe. Ich werde gelyncht werden!

Die Idee, daß er gelyncht werde, wurde ihm plötzlich zur Gewißheit. Er sah sich von einer wütenden Volksmenge umgeben. Fürchterliche Faustschläge regneten auf ihn nieder. Er duckte sich, er wollte entfliehen, aber ein wuchtiger Schlag traf ihn ins Genick ...

Er schnellte auf. Er fühlte sich ganz in Schweiß gebadet. Fast sinnlos lief er an die kleine Tür der Gartenmauer und rüttelte an ihr. Sie war geschlossen.

Mit einem Ruck übersah er seine fürchterliche Lage. Alles kam ihm zum Bewußtsein.

Er mußte zurück! Ja. Zurück! Er blieb stehen. Jetzt war er eingeschlossen. Zu beiden Seiten der Gartenmauer sah er die Häusergiebel steil emporragen. Er hatte nicht mehr Kraft, um wieder an dem Graben entlang zurückzukriechen. Jetzt würde er auch sicher gesehen werden.

Er fing an zu lachen, er steckte sich die Faust in den Mund, um nicht laut aufzukreischen, aber von neuem packte ihn die Verzweiflung und die Angst.

Seine Zähne schlugen hörbar aneinander und sein Körper zuckte in Fieberschauern. Er lief rastlos hin und her und sah den Graben an. Es war unmöglich! Er würde sicher herunterfallen und ertrinken.

Er mußte hinüberklettern. Er mußte es! Er biß die Zähne aneinander ...

Er mußte!

Er stieß auf einen großen Stein, der an der Mauer lag. Ohne sich zu bedenken, stieg er auf ihn, schwang sich mit einer unnatürlichen Kraft hoch, bekam die Firstziegel zu fassen ... noch einen Ruck: er saß oben und sprang in den Garten hinunter.

Das Ganze war ihm unbegreiflich. Er verstand nicht, wie es vor sich ging.

Nur den Husten mußte er ersticken. Das machte ihm eine unendliche Mühe. Aber nun erfaßte ihn der Husten mit einer solchen Macht, daß er ihn nicht mehr zurückhalten konnte. Er steckte sich das Taschentuch in den Mund, die Qual drohte ihm alle Adern in dem Gehirn zu zerreißen.

Aber er fühlte keine Angst mehr. Seine Seele war in der Verzweiflung stumpf geworden.

War es noch nicht zehn Uhr, so würde er durch den Korridor des Rathauses auf die Straße hinauskommen. War es später, so mußte er klopfen. Das war ja klar; er konnte nicht die ganze Nacht im Garten bleiben. Nun war es ja gleichgültig, was er machte.

Aber trotzdem behielt er die Vorsicht, sich im Schatten zu halten.

Die Tür des Rathauses nach dem Garten zu war nicht geschlossen. Es kam ihm so selbstverständlich vor, daß sie nicht geschlossen war. Als er aber in den langen Korridor kam, packte ihn die Angst.

Im Erdgeschoß wohnte ja der Gerichtsdiener ... Wenn er jetzt plötzlich herauskäme, würde er verloren sein ...

Da erinnerte er sich, daß ja Ostap im Rathaus wohnte, aber mit Ostap war er verfeindet. Nun ... schlimmstenfalls könnte er ja nach ihm fragen.

Er schlich auf den Zehen, er wagte nicht zu atmen, ein neuer Hustenanfall würgte ihn qualvoll ... Er hörte hinter einer Tür ein lautes Gespräch, verlor plötzlich die Selbstherrschaft, hustete laut, erschrak heftig, seine Schritte dröhnten ihm im Kopf wie Donnerstöße ...

In demselben Augenblick öffnete sich die Tür. Von der Straße flutete helles Gaslicht herein. Er prallte entsetzt zurück.

In der Tür sah er Ostap stehen.

IV.

Sie starrten sprachlos einander an.

»Wronski!« rief endlich Ostap aus.

Wronski kam zur Besinnung.

»Ja ...Ostap! Nicht wahr? ...Ich...«

»Aber, was machen Sie hier?«

Wronski faßte sich mühsam, aber er fühlte, daß seine Stimme zitterte.

»Ich ging ...spazieren ...ich wurde müde ...«

»Nun, so kommen Sie doch zu mir nach oben«, sagte Ostap, zündete ein Streichholz an und ging voran.

Wronski hielt sich am Geländer fest, er atmete schwer. Seine Brust war wie zugeschnürt.

»Nun, da sind wir ...Warten Sie einen Augenblick. Ich muß nur mit meinem Vater sprechen.« Ostap ging hinaus.

Nun muß ich mich zusammennehmen! Wronski zitterte bei dem Gedanken, daß er wieder so krankhaft zerstreut werden könnte. Er suchte seine Aufmerksamkeit auf die einzelnen Gegenstände zu richten, beobachtete genau ein Bücherregal, stand auf, gab sich die größte Mühe, möglichst unbefangen zu erscheinen, las die Titel der Bücher, nahm sogar eins in die Hände und fing darin zu blättern an.

Ostap kam zurück mit einem kleinen Kochapparat.

»Warten Sie nur, wir wollen etwas trinken ...Ich trinke sehr gerne, zu Zeiten fast immer ... Der Rausch gießt Schönheit über das Leben, verklärt es mit Poesie ...He he ...Ich hasse, nüchtern zu sein! Nüchtern zu sein! Brr ...Das kann das Leben kosten ...Wissen Sie, ich war berauscht, einer meiner Freunde war es noch mehr, wir hatten Geld, wir haben uns verabredet, nach Australien zu fahren ...Sie wissen wohl gar nicht, daß Australien für unsereinen das gelobte Land ist ...Alles war bestimmt! Wären wir gereist, damals, gleich! verstehen Sie? Sofort gereist, so wäre ich heute ein glücklicher Mensch. Aber wir warteten bis zum nächsten Tage, da wurden wir nüchtern und lachten über den abenteuerlichen Plan ...Sehen Sie, das ist die verfluchte Nüchternheit! Im Rausch soll man alles tun. Das nüchterne Gehirn sollten wir den Bürgern, dem Krämer und dem freisinnigen Politiker überlassen ...«

Wronski merkte, daß Ostap berauscht war. Was ihn aber frappierte, das waren beständige Zuckungen, die fast in grader Linie von den Mundwinkeln seines Gesichtes bis über die Stirn hinwegliefen.

»Aber zum Teufel, wie sehen Sie denn aus? Sind Sie in einen Graben gefallen?«

»Graben?!«

Wronski bemerkte mit verzweifeltem Schreck, daß er über und über mit Kot besudelt war. Und er hatte den Ziegelstaub auf seinen Kleidern.

»Ja, ich bin in einen Graben gefallen.«

Er strengte sich an, Ostap in die Augen zu sehen, aber er fühlte, daß er mit den Augen blinzelte.

Ostap schien keine weitere Notiz davon zu nehmen, er stand plötzlich auf und lächelte mit einem eigentümlichen, verzweifelten Lächeln.

»Aber so setzen Sie sich doch, Wronski, setzen Sie sich nur« – er wurde überaus freundlich. – »Ein seltsamer Zufall, daß ich Sie hier treffe. Wir haben uns schon lange nicht gesehen. Nicht wahr? Sie glaubten, ich hätte mit Ihrer Schwester schlimme Absichten gehabt ...He he ...Sie haben mich weggejagt. Sie haben vielleicht verschuldet, daß ich nicht glücklich wurde. Doch, was ich sagen wollte? Ja, richtig! Ich habe gehört, daß Sie sehr krank sind ...Aber zum Teufel! Das Wasser kocht ja nicht ...Ich trinke Cognac mit heißem Wasser, das ist eine neue Methode, Cognac zu trinken ...Sie trinken ihn wohl mit Tee ...«

Wronski wollte etwas antworten, aber er wurde von einem langen heftigen Husten gepackt.

Seine körperliche Qual schien auf Ostap einen sehr tiefen Eindruck zu machen. Er lief hin und her, rastlos: es war, als bekäme er plötzlich Angst.

»Oh, Sie sind sehr krank. Ich wußte ja gar nicht, wie krank Sie sind. Und denken Sie sich, daß wir Feinde waren ...«

Wronski sah ihn mit einem kranken Lächeln an.

»Oh, lächeln Sie nicht so. Ich kann es nicht sehen. Es reißt mir das Herz entzwei. Sie lachten eben wie ein Kind, das sterben soll ...«

Wronski bemerkte, daß Ostap sehr bleich wurde, aber er war so erschöpft, daß er ihn nur mit einer gleichgültigen Neugierde ansehen konnte ...

»Ich werde bald sterben«, sagte er ganz unwillkürlich und wunderte sich, daß er es sagte.

»Sterben?« Ostap sah ihn erschreckt an.

»Ja ...Bald ...Es ist gut, sich auszusöhnen vorher, ich werde eines schönen bürgerlichen Todes sterben.«

Wieder lächelte er mit seinem lautlosen, verzweifelten Lächeln und trank Ostap zu. Es wurde ihm plötzlich kalt. Er trank schnell ein ganzes Glas und trocknete sich den Schweiß von der Stirn.

»Nein, nein, sterben Sie nicht!« Ostap sprach zerstreut, als wüßte er nicht gut, was er sagte ... »Sie wissen nicht, wie das schwer ist. Ich habe einen Freund begraben. Er ist an der Schwindsucht gestorben ...Ich ging auf der Straße, still, in mich versunken, plötzlich hör ich jemanden rufen: Ostap! Ostap! Eine Droschke bleibt stehen, und da saß er, ein Tuch vor dem Mund, er konnte nicht sprechen, weil er Blutsturz hatte, er sah mich nur an mit Augen – Augen ... Haben Sie Augen gesehen, die ...«

Er stutzte, wurde seltsam unruhig, blieb vor Wronski stehen und sah ihn an mit einem verzerrten, verlegenen Lächeln.

»Sie haben keine Angst vor Augen?« fragte er plötzlich. – »Aber was starren Sie mich so an? Haben Sie Fieber? Sind Sie wirklich krank?«

Wronski erlangte das Gleichgewicht wieder, aber nur auf einen Augenblick. Er fühlte mit einemmal ein sonderbar mächtiges Verlangen, Ostap zu erzählen, daß er das Rathaus niederbrennen wolle. Er fühlte, daß er es sagen müsse. Er kämpfte unmenschlich mit der Macht, die ihn dazu zwang, er öffnete den Mund, aber die Worte erstarben auf seiner Zunge ...

Da sah er plötzlich, wie Ostaps Mund sich zu bewegen, wie sein Gesicht immer heftiger zu zucken begann. Ihre Augen fraßen sich ineinander, er sah, wie Ostap sich vorbeugte, eine entsetzliche Angst erfaßte ihn, er sprang vom Sofa auf.

Beide kamen zur Besinnung, starrten sich nur unaufhörlich an.

Ostaps Gesicht verzerrte sich schmerzhaft, aber im Nu wurde es sehr ernst.

Er setzte sich hin.

»Es hat auf mich einen furchtbaren Eindruck gemacht, als Sie sagten, daß Sie bald sterben werden. Ich weiß nicht, warum. Ich habe ja so viele Menschen um mich herum sterben sehen ...«

Er grübelte lange.

»Aber Ihr Verdacht, daß ich schlechte Absichten gegen Ihre Schwester hatte, war falsch, sehr falsch ... Sie haben mir Unrecht getan ... Nun ja! Vielleicht auch nicht. Ich war damals ein Wüstling. Ich hatte keinen Halt in mir ...«

Er schwieg und sah zu Boden.

Wronski versuchte ihn zu verstehen, aber er hörte nur einige Worte. Seine Angst wurde von Sekunde zu Sekunde stärker. Er war der Ohnmacht nahe. Also war er wirklich krank ...

Da fuhr ihm wie ein Blitz eine Erzählung durch den Kopf, eine Anekdote von einer spartanischen Jungfrau, die sich die Zunge abgebissen hatte, um nicht ihr Geheimnis zu verraten. Die Idee setzte sich in seinem Gehirn fest. Er konnte an nichts anderes denken. Er mußte es laut sagen.

»Kennen Sie die Geschichte von der spartanischen Jungfrau, die sich die Zunge abbiß, um ihre Geheimnisse nicht zu verraten, wenn sie gefoltert würde?«

Ostap sah ihn verwundert und erschreckt an.

»Was, was meinen Sie?«

Wronski starrte ihn an mit den Augen eines Wahnsinnigen.

»Wir sollten uns auch die Zungen abbeißen«, sagte er heiser und lachte höhnisch.

Im selben Nu sprang er hastig auf, nahm seinen Hut und wollte gehen.

»Ich will nicht bei Ihnen sitzen. Sie quälen mich. Ich bin krank. Ich muß nach Hause.«

Ostap kam in eine unbeschreibliche Aufregung. Er versperrte Wronski mit ausgebreiteten Armen den Weg.

»Gehen Sie nicht! Gehen Sie nicht!« Er sprach fast flehend. – »Hab ich Sie beleidigt? Hab ich was gesagt? Es strömt so sonderbare Kraft von Ihnen zu mir. Sagten Sie nicht, daß wir beide uns die Zunge abbeißen sollten? Als ich Sie sah, da fühlte ich, daß auch Sie an etwas Schwerem tragen … Gehen Sie nicht! Es war wie ein Wunder, als ich Sie da unten stehen sah, ich habe Sie sehr lieb, ich habe Sie einmal sehr geliebt.«

Er sprang plötzlich auf Wronski zu und zwang ihn, sich zu setzen.

Wronski sah ihn verwundert an, aber er fühlte gleichzeitig eine kalte Klarheit, die er schon lange nicht empfunden hatte, über sich kommen.

»Wenn Ihnen etwas daran gelegen ist, so kann ich ruhig hier bleiben …«

»Ja, ja, bleiben Sie, bleiben Sie!«

Ostap trank nervös, ohne es zu wissen. Er wurde immer aufgeregter.

»Ich habe ein so sonderbares Vertrauen zu Ihnen. Es ist etwas an Ihnen, das mich an das Grab erinnert … Nein nein! Runzeln Sie nicht die Stirn … Sie sagten ja selbst, daß Sie bald sterben müssen … Ich weiß ja gar nicht, woher es kommt, ich weiß überhaupt nichts, aber in dem Momente, als Sie da unten zitternd standen – Sie zitterten am ganzen Körper – da empfand ich eine solche Ruhe – nein! nicht Ruhe, aber Freude! Nein, auch nicht Freude, vielleicht so eine Art boshafter Befriedigung … Endlich ein Mensch, der leidet, der wirklich leidet! Verstehen Sie? Oh, es gibt tausend Arten, zu leiden … Man leidet, weil man unglücklich liebt, weil man sich gekränkt fühlt, weil man … weil man unechte Kinder hat … He he … Daran leidet man auch. Aber diese Art zu leiden, diese spezifische Art Leiden findet man nicht so schnell. Ich sah es gleich bei Ihnen, ich habe ein so unendlich geschärftes Auge in dieser Richtung … Meine Augen haben unglaubliche Fühlhörner … He he, sehen Sie diese spezifische Leidensart, ich sah sie sofort, als Sie da saßen auf dem Sofa und mich anstarrten, und Ihr Mund sich bewegte, als ob Sie mir etwas zu sagen hätten und es nicht zu sagen wagten. He he, ich kenne es, ich allein kenne es … Und dann, als Sie von der Zunge sprachen, die wir uns abbeißen müßten. So spricht nur einer, der … der mein Bruder ist! Verstehen Sie? Und Ihre Wut, als Sie plötzlich aufsprangen und weggehen wollten …«

Wronski hörte aufmerksam zu. Aber er empfand kein Mitleid mehr, er wurde noch kälter und klarer.

»Ich war durchaus nicht wütend«, warf er ein.

»Natürlich haben Sie Fieber …« Ostap fuhr unbeirrt fort … »Natürlich! Aber das ist eine spezifische Art Fieber, – ein Fieber, das nur dies spezifische Leiden erzeugt … He he, bekommt ein Knecht Fieber, so liegt er ein paar Wochen krank. Bekommen wir Fieber – wir Satanskinder, wie Gordon uns nennt – dann laufen wir wochenlang herum. Sehen Sie, ich kenne das alles …«

»Ich verstehe nicht, Herr Ostap, was Sie meinen, ich verstehe kein Wort von dem, was Sie sagen. Ich höre nur Ihre Worte …«

Ostap unterbrach ihn mit hellem Gelächter.

»Wollen Sie mich irre führen? He he, sehen Sie sich doch nur Ihren Anzug an, sehen Sie doch nur deutlich hin: der Ärmel ist ausgerissen, Kot haben Sie überall, nein, nicht Kot, es ist die Farbe von nassen Ziegeln, die Sie abgestreift haben …«

Wronski stieg die Hitze in den Kopf. Er sah ängstlich auf Ostap hin, er konnte nicht mehr die Angst bemeistern, aber Ostap sank plötzlich in einen Stuhl.

»Sehen Sie mich nur nicht so ängstlich an. Ich will Sie durchaus nicht ausspionieren, ich glaubte nur – nein! ich glaubte nichts … Es ist wohl nur eine fixe Idee. Aber als ich Sie so sah, dachte ich, wir könnten einander stützen …«

Er lächelte mit einer schmerzlichen Grimasse.

Sie saßen lange, ohne ein Wort zu sagen.

»Aber Sie waren auch nicht ehrlich gegen mich«, sagte Wronski plötzlich, – »gar nicht. Sie sagten, Sie hätten keine schlechten Absichten mit meiner Schwester, aber ...« Er richtete sich im Sofa auf. – »Ist das wahr, daß Sie ein furchtbar ausschweifendes Leben geführt haben?«

Ostap sah ihn aufmerksam an.

»Ja, das ist wahr. Ich habe die Grenzen überschritten. Wir alle überschreiten die Grenzen. Ich bin neugierig, worin wir uns unterscheiden? Die Unterschiede sind nur ästhetische; und Ästhetik ... Ich verachte Gordon, weil er nur ein Ästhetiker ist. Ein Kind, ein dummes Kind ist er; ich sehe ihn an, und ich muß über ihn lachen ... Alle Ästhetiker sind lächerlich. Ja, richtig« – er lächelte boshaft und rückte Wronski ganz nahe – »Haben Sie, haben Sie auch etwas mit dem Rathaus zu tun? Nein! Wie bleich Sie werden! He he, man kann das Gehirn mit beiden Händen festhalten, aber da plötzlich wird man blaß ... Sehen Sie, Wronski, das ist wieder das spezifische Bleichwerden ...«

Wronski konnte kaum atmen, aber er strengte sich an, ruhig zu erscheinen.

»Sie kommen mir so seltsam vor, Ostap, daß ich ...« er schluckte – »daß ich nicht verstehe, ob Sie krank sind, oder – oder ...«

»He he, lieber Wronski«, er klopfte ihm auf die Schulter – »sind Sie nicht am Graben entlanggekrochen?«

Sie sahen sich in die Augen, ohne einander zu sehen. Wronski fühlte seine Sehkraft wie gelähmt. Gleichzeitig empfand er ein körperliches Übelbefinden, heftige Stiche in der Brust ...

»Geben Sie mir nur ein Glas Cognac«, flüsterte er leise.

Er bemerkte plötzlich, daß sie fast die ganze Zeit hindurch flüsterten, aber er fühlte, daß er Angst bekommen würde, wenn er lauter spräche.

Ostap stand auf und wankte. Wronski sah es deutlich, er dachte darüber nach, suchte sich dann etwas vorzustellen, vermochte es aber nicht. Kalte Schauer rieselten ihm über den Rücken, eine unangenehme Hitze goß sich über sein Gehirn. Er trank gierig das Glas aus und stand auf.

»Ich muß jetzt gehen!« sagte er endlich. »Ich werde sonst krank bei Ihnen werden.«

Er fühlte, daß er nicht sicher auf den Beinen stehen könne. Er wunderte sich darüber, denn sein Gehirn war ungewöhnlich klar.

Ostap schien ihn gar nicht zu beachten. Er sah nur mit dem Ausdruck der stumpfesten Verzweiflung vor sich hin.

Endlich stand er auf.

»Ja, ja, Wronski, gehen Sie, gehen Sie ...« Er grübelte. Mit einem Ruck besann er sich und faßte Wronski am Arm.

»Wir sehen uns, wir sehen uns ... bald ... wir Beide sehen uns wieder ...«

Er schlug mit den Zähnen aneinander.

Wronski wich erschreckt zurück. Er hatte das Gefühl, daß Ostap ihn beißen werde.

»Ich komme nie wieder zu Ihnen«, sagte er rauh.

»Sie kommen, Sie kommen, oder ich komme ... Das ist dasselbe ... Sie vergessen dies spezifische Fieber, das nur wir haben. He he ... nehmen Sie sich in Acht. Wenn Sie etwas mit dem Rathaus zu tun haben, so achten Sie auf Ihr Fieber ... Sie glaubten, weiß Gott wie geistreich die Sache ausgetüftelt zu haben, und dabei kriechen Sie mit unendlicher Vorsicht an Stellen herum, wo Sie die ganze Stadt sehen kann ... Aber Sie kommen, oder *ich* komme ...«

Er schob Wronski fast zur Tür hinaus.

Wronski konnte sich kaum mehr halten. Er hatte ein Verlangen, sich wieder hinzusetzen, aber er bedachte sich und ging.

Plötzlich kam Ostap mit Licht heraus. Er führte ihn die Treppen hinunter, öffnete die Haustür und schloß sie wieder hinter Wronski zu.

Beide sprachen kein Wort.

V.

Ostap ging wieder hinauf, stellte die Lampe auf den Tisch und legte sich aufs Sofa. Nie hatte er sich trauriger und einsamer gefühlt. Er hatte ein physisch quälendes Gefühl der Einsamkeit, er konnte sich nicht vorstellen, daß irgend etwas um ihn existiere. Als wäre alles in ihm gebrochen.

Er fiel ganz zusammen.

Nun gab es keinen Menschen auf der Welt, keinen, den er nicht haßte! Er war losgerissen von der Welt und von den Menschen … Was hatte er überhaupt mit Menschen zu tun? Warum sollte er auch nicht das machen, was sie von ihm verlangten? Er fühlte, daß er ebenso gleichgültig und selbstverständlich Gordon töten, wie den Diebstahl der Stadtkasse arrangieren würde …

He he … Das letzte wird aber die Menschheit mehr ärgern! Würde ich Gordon töten, so würde ich ihr nur eine Wohltat erweisen.

Na ja!

Er merkte, daß er jeden Augenblick seine Gedanken mit einem stumpfen Na ja! unterbrach …

Er erzitterte plötzlich. Eine bebende Unruhe ließ ihn nicht eine Sekunde still sitzen. Er lief ratlos umher. Es war ihm, als müßte er notgedrungen an etwas denken, aber er wagte es nicht.

Wie eine Erlösung schoß es ihm durch den Kopf, daß er ja beim Bürgermeister eingeladen war.

Er wollte eigentlich nicht hingehen, aber jetzt war er fast glücklich über die Einladung.

Es war erst elf Uhr. Er konnte ruhig noch hingehen.

Er blieb nachdenklich stehen und überlegte.

Warum sollte er denn nicht hingehen? Er würde eine Nacht totschlagen, und das wäre gut! Das wäre sehr gut! Das wäre eine Wohltat!

Er ging langsam und nachdenklich die Treppen hinunter, blieb dann aber wieder lange stehen, bevor er die Tür aufschloß.

Ob er nicht doch lieber zurückgehen sollte? Was sollte er eigentlich bei dem dummen Bürgermeister?

Aber das düstere, höhnische Gefühl der Einsamkeit stellte sich von neuem und noch viel stärker ein. Dort würde wenigstens Licht sein, dort hörte man Menschen schwatzen, diese dummen, albernen Bestien!

Schon von weitem sah er das Haus des Bürgermeisters festlich erleuchtet.

Gordon natürlich auch da! He he, bei seinem Onkel zu Gast!

Er lächelte höhnisch.

Nun! Der liebe Onkel sollte noch helle Freude an seinem Neffen erleben … Ha ha ha …

Als er eintrat, sah er eine Gruppe von Herren lebhaft debattieren. Der Bürgermeister war sehr erregt und fuchtelte mit den Händen, sah aber Ostap eintreten.

»Ah, ah! Da haben wir unsern Herrn Ostap. Warum denn nur so spät?«

Ostap entschuldigte sich, während der Bürgermeister ihm herzlich die Hand drückte.

»Wir haben soeben über Sie gesprochen. Mein Neffe Gordon …«

»Nun laß doch, Onkel« – Gordon lächelte – »Ostap weiß ganz genau, was ich von ihm halte.«

»Ja, ja, natürlich! Ihr seid doch die besten Freunde. Es ist ein Glück für unsere Stadt, daß sie eine solche Jugend sozusagen auferzogen hat …«

Der Bürgermeister klopfte beiden vertraulich auf die Schultern.

Alle sammelten sich um einen jungen Priester, der vor Empörung stotterte.

»Sehen Sie, meine Herren!« – Er zeigte ein Blatt bedruckten Papiers. – »Sehen Sie! dies schändliche Zeug … Es wurde in tausenden von Exemplaren hier in der Stadt verteilt … Es ist die unverschämteste Lüge, die ich jemals gelesen habe … Es ist eine Schande – eine … eine … Hören Sie nur! 'Ein offener Brief an das arbeitende Volk vom Gottespriester Peter Sciegienny!' Sie wissen vielleicht, daß dieser unglückliche, verirrte Priester von den Russen nach Sibirien geschickt wurde … Dort ist er vor langen Zeiten gestorben … Jetzt haben die Lumpen seinen Namen gefälscht! Hören Sie nur, was hier steht … Die unverschämteste, frechste Aufreizung zum Klassenhaß, die man sich nur denken kann. Die Arbeiter werden zu Gewalttätigkeiten aufgefordert ... Die Arbeiter sollen mit Gewalt das erreichen, was ihnen zusteht – sie sollen kein Mittel scheuen, um ihre Aussauger – damit sind wir natürlich gemeint – zu massakrieren ... Die Priester werden hier Lügner und Tagediebe genannt, die die Arbeiter wie Opfertiere dem unersättlichen Kapitalismus zuführen ... Denken Sie sich die Schamlosigkeit, mir dies Zeug mit der Post zuzuschicken! Ich bekomme übrigens jeden Tag anonyme Briefe, in denen mir Mord und Gewalt angedroht wird, wenn ich nicht aufhöre, gegen die unmenschliche Ausgeburt unserer Gesellschaft zu predigen ...«

Das Flugblatt wanderte von Hand zu Hand..

»Das ist ein sehr ungeschicktes Machwerk«, sagte Gordon gleichgültig. – »Ich glaube nicht, daß die Seele auch nur eines einzigen Arbeiters Schaden daran nehmen könnte.«

»Sie unterschätzen die Wirkung« – der Priester sprach sehr eifrig – »Sie unterschätzen das alles vollkommen. Je gröber und roher die Mittel, desto stärker die Wirkung. Das Flugblatt ist überall angeklebt. Ich selbst habe es heute von der Kirchentür weggerissen ...«

»Ja, es ist keine Frage, daß unsere Stadt ganz besonders von dieser Pest angesteckt ist ... Man kommt fortwährend damit in Berührung!« warf ein junger Rechtsanwalt ein.

Der Bürgermeister wurde ganz verzweifelt.

»Aber was soll man denn machen? Denken Sie sich doch nur, meine Herrn, wie die Sache liegt! Man sollte doch meinen, daß in einer Stadt von zehntausend Einwohnern die Verhältnisse so durchsichtig sind, daß man ohne weiteres die Agitatoren auffinden könnte. Aber es ist unmöglich! Kein Mensch hat den Schuldigen oder vielmehr die Schuldigen gesehen!«

»Von Außen wird nichts zugeschickt«, bemerkte der Postmeister. »Ich lasse alle verdächtigen Sendungen öffnen.«

Der Bürgermeister war ganz erschöpft und wischte sich den Schweiß von der Stirn.

»Ich bin ganz verzweifelt, meine Herrn. Das Volk ist aufgewiegelt, es fängt an, frech zu werden. Es beruft sich auf die Löhne der Arbeiter in der Schweiz. Jeden Augenblick werfen die Arbeiter die Arbeit nieder. Das Volk hat keine Achtung vor den Vorgesetzten, vor der Religion, keine Angst vor der Strafe ... Gestern hat ein Arbeiter dem Arbeitsaufseher den Schädel mit dem Spaten entzwei geschlagen ... Nun munkelt man von einem großen Streik in der Zuckerfabrik ...«

Der Bürgermeister stöhnte und setzte sich hin. Die ganze Gesellschaft schien lebhaften Anteil an seinem Kummer zu nehmen. Das andächtige Schweigen wurde endlich von dem Priester unterbrochen.

»Selbst die Jugend in der Schule ist verpestet. Mindestens ein Viertel von den Bengeln sind Atheisten. Die frechsten wurden ausgewiesen, die andern sind nun vorsichtig geworden. Aber ich weiß, daß ein paar Exemplare von Büchner, Strauß und Renan von Hand zu Hand zirkulieren ... Sie können sich nicht vorstellen, welche Fragen die Jungens mit der frechsten und unschuldigsten Miene der Welt an mich stellen ... Nun! Ich werde nicht eher ruhen, bis ich die Böcke von den Schafen gesondert habe!«

»Aber das ist doch sonderbar«, bemerkte Gordon, »daß man nichts über die unsichtbare Quelle erfahren kann. Diese Verschwörer pflegen doch sonst sehr dumm und unvorsichtig zu Werke zu gehen.«

»Im allgemeinen – ja!« – Der Rechtsanwalt fühlte sich sehr wichtig.

»Aber Sie müssen bedenken, daß wir es hier offenbar mit sehr gewiegten und routinierten Verbrechern zu tun haben. Das Wahrscheinlichste ist, daß sie hier in der Stadt als Arbeiter verkleidet und unkenntlich sind. Natürlich verstehen sie, sich ganz ausgezeichnet zu maskieren. Ich würde die Schuldigen grade unter den scheinbar dümmsten Arbeitern suchen.«

»Ja, das ist eine ganz ausgezeichnete Idee!« bemerkte Gordon.

»Diese dummen und dümmsten Arbeiter« – der Rechtsanwalt fuhr weiter fort – »empfangen die Proklamationen wahrscheinlich an früher verabredeten Stellen und verstehen sie nun geschickt und unsichtbar anzubringen. Ich habe mir die Herkunftsakten der Arbeiter bringen lassen, aber leider ist daraus nichts zu ersehen. Es ist ein aus aller Herrn Länder zusammengewürfeltes Pack ...«

Es wurden Spieltische gebracht. Die Gruppe zerstreute sich.

Ostap ging in das andere Zimmer. Er sah Hela und Pola bei einander sitzen. Sie sprachen und lachten mit einander. Hela schien aber Ostap zu erwarten, denn sie kam gleich auf ihn zu.

»Ich höre, du warst sehr krank nach dem Unfall bei mir.«

»Nein! Ich war nicht krank. Es war einer meiner gewöhnlichen Anfälle, die ich zu Zeiten bekomme.«

Ostap bekam plötzlich eine unüberwindliche Lust zu gähnen, beherrschte sich aber mit großer Mühe. Er war übrigens sehr zerstreut und suchte immer etwas mit den Augen.

»Ich habe dich noch nie so gesehen, wie heute«, sagte Hela leise. »Fehlt dir etwas?«

»Mir? ... Nein! Ich bin nur sehr müde ...«

Er sah sich gleichgültig und abwesend um.

»Ja, richtig! Nimm mir meine letzte Visite nicht übel. Ich hoffe, du hast es verstanden, daß alles nur eine Krankheit war ...«

Er schwieg eine Weile.

»Ich liebe dich übrigens nicht mehr«, sagte er plötzlich und gähnte.

Mit einem Mal sah er sich erschreckt um.

»Hab ich etwas gesagt?«

Hela sah ihn mit wachsendem Erstaunen an.

»Geh nach Hause!« sagte sie eindringlich. »Du bist ja krank. Du bist blaß wie ein Laken.«

»Bin ich?«

Er sah sie gehässig an und lachte dann mit einemmal auf, kehrte ihr den Rücken und setzte sich in eine Ecke.

Hela blieb blaß und zitternd stehen.

Er wurde rasend. Stand auf und flüsterte ihr boshaft zu:

»Geh doch zu Gordon! Dort steht er und wartet auf dich!«

Er setzte sich wieder hin und sah zerstreut die Gäste an. Er sah nicht einmal, daß Gordon auf ihn zukam und ihn unruhig anstieß.

»Geh doch! Du fällst auf!« Gordon sprach sehr unruhig. – »Ich habe dir etwas Wichtiges zu sagen. Warte auf mich bei Paetzel. In einer Stunde werde ich kommen. Sag, daß du nicht wohl bist und nach Hause gehen mußt.«

Ostap sah Gordon fast boshaft an. Er antwortete kein Wort, aber nach einer Weile erhob er sich und ging.

Er hatte das Gefühl, als wäre der ganze Himmel auf ihn heruntergefallen ... Das Gefühl einer tödlichen Apathie. Am Ende war ja doch alles gleichgültig.

Er sah noch ein paar Minuten dem Spiel zu, ging von einem Spieltisch zum andern, und als er merkte, daß niemand auf ihn Acht gab, verschwand er.

Gordon beobachtete ihn verstohlen.

»Warum hast du ihn weggeschickt?« hörte er plötzlich Hela flüstern. Ihre Augen funkelten in verbissener Wut.

»Es ist nicht gesund für ihn, sich in deiner Nähe aufzuhalten.«

Er lächelte still und sah sie an.

»Er ist krank«, sagte er nach einer Weile – »er ist kränker, als du glaubst. Er hat die Angst verloren, und das ist die gefährlichste Krankheit.«

Er sah sie plötzlich aufmerksam an.

»Warum haßt du mich?« fragte er. »Du hast mir die höchste Beleidigung zugefügt, die man einem Manne zufügen kann ...«

Er trat zur Seite, um den Tanzenden nicht im Wege zu sein.

»Du hast mir alle meine Pläne mit Pola zerstört ... Ich hätte bei ihr Ruhe finden können ... Das alles hast du gemacht, und ich hasse dich nicht ...«

Er sah Pola drüben an einer Tür stehen und ihn mit einem kranken, leidenschaftlichen Schmerz anstarren.

Gordon stutzte. Ein tiefes Gefühl von Mitleid wühlte seine Seele auf. Nie hatte er von Pola einen so mächtigen Eindruck empfangen. Er sah Hela wütend an.

»Warum hast du die Seele dieses Kindes zerstört? Warum hast du ihr Leben vergiftet? Bist du so sehr Weib, daß du *das* tun mußt?!«

Hela sah ihn die ganze Zeit starr an, ohne nur ein Wort zu sagen. Aber plötzlich zuckte sie mit den Achseln und sagte verächtlich:

»Langweiliger Schwätzer!«

Gordon verbeugte sich freundlich, sah sich um und ging dann zu Pola.

Pola sah ihm beständig starr in die Augen, abwehrend, fast wegwerfend.

»Hör, Pola, wenn du gehst, so laß mich dich begleiten. Ich habe dir etwas sehr, sehr Wichtiges zu sagen.«

»Ich will *nicht* mit Ihnen gehen. Ich will *nicht* mit Ihnen sprechen.«

»Du mußt!«

Gordon sah sie durchdringend an.

»Du mußt! Ich werde dich nie wieder belästigen. Nie wieder. Nur das eine, wenn du willst, das letzte Mal ...«

Der Tonfall seiner Stimme war fast flehend. Er sah ihr Gesicht leicht aufzucken und die Lippen sich krampfhaft verziehen wie bei einem Kinde, das losweinen will.

»Ich flehe dich an, Pola« – er sprach innig und leidenschaftlich – »Ich muß mit dir sprechen.«

Sie spielte nervös mit ihrem Fächer, faßte sich plötzlich, und ohne zu antworten mischte sie sich unter ein paar junge Mädchen, die lebhaft mit einander sprachen und kicherten.

Es war grade eine Tanzpause.

Gordon wurde traurig und blaß. Er sah stumpf in den Saal hinein und begegnete Helas Augen, die ihn mit boshafter Wut anstarrten.

Er ging in das andere Zimmer und setzte sich neben seinen Onkel, der ihm freundlich zublinzelte: er hatte grade prachtvolle Karten bekommen.

Plötzlich hörte er ein krampfhaftes Gelächter. Es entstand eine große Verwirrung, ein paar Mädchen kamen schreiend hereingelaufen ...er sprang auf: er sah Pola auf dem Sofa sich in hysterischem Lachen winden, das dann in keuchendes Schluchzen umschlug.

Gordon bekam einen furchtbaren Schreck. Er nahm Pola auf seine Arme, faßte ein Glas Wasser, das ihm jemand reichte, gab ihr zu trinken und benetzte ihre Stirn und Schläfe.

Pola biß die Lippen aneinander. Sie schien verzweifelt mit einem neuen Anfall zu kämpfen. Aber es ging vorüber.

»Ich werde Fräulein Pola in meinem Schlitten nach Hause bringen«, sagte Gordon bestimmt.

Es war ihm so entsetzlich gleichgültig, was man über sein Verhältnis zu Pola denken mochte.

Pola sah ihn verwirrt an, wagte aber nichts zu erwidern. Seine Worte kamen ihr wie ein Befehl vor.

Niemand hatte übrigens etwas dagegen einzuwenden, nur Hela stand blaß wie ein Tuch da.

Gordon fühlte, wie sie jede seiner Bewegungen gierig verfolgte, aber er vermied es, sie anzusehen.

VI.

Pola ließ alles mit sich geschehen. Sie ließ sich von Gordon in den Schlitten tragen, sie fühlte, wie er sie in seinen Pelz einwickelte, sie sah mit einer apathischen Neugierde den Schlitten blitzschnell fortstürmen, sie sah, daß er sie aus der Stadt hinausfuhr, aber sie war erschlafft und willenlos. Schon der Gedanke, daß sie ein Wort sagen sollte, bereitete ihr Schmerzen.

Gordon hieb in rastloser Nervosität auf die Pferde ein. Er wußte nicht, warum er sie in sein Haus bringen wollte, es war nur ein dumpfer Zwang in ihm, dem er willenlos gehorchte. Er ließ sich durch die erste beste Eingebung bestimmen.

Die kurze Strecke kam ihm unerhört lang vor, er zitterte vor Ungeduld, endlich auf den Hof zu kommen.

Seine Gedanken waren verwirrt, es kam ihm vor, als wäre er das erste Mal in seinem Leben nicht imstande, sie zu ordnen.

Als er endlich in den großen Hof kam, nahm er sie unter den Arm und führte oder vielmehr trug sie in sein Arbeitszimmer.

Pola sah sich erschreckt um. Jetzt erst kam sie zur Besinnung.

Sie schnellte auf, warf sich dann auf das Sofa und fing an zu schluchzen.

Gordon ging mit großen Schritten auf und ab, blieb dann vor ihr stehen, sah sie lange an und lächelte verlegen.

»Beruhige dich, Pola, tue es um meinetwillen, beruhige dich! Beruhige dich! Du weißt nicht, wie ich leide. Du weißt es gar nicht. Weine nicht. Ich kann es nicht anhören ...«

Sie setzte sich auf und sah ihn abwesend an.

»Warum hast du mich hergeführt?«

»Warum? Du sollst mein Weib werden, Pola. Du kannst immer bei mir bleiben. Alles, was *mein* ist, gehört dir. Ich will dich zu meinem Weibe machen.«

Sie sah ihn an, als hätte sie kein Wort verstanden.

»Willst du, Pola, willst du mein Weib werden? Ich werde dich auf meinen Händen tragen. Du sollst es gut bei mir haben. Du und Stefan. Willst du? Ich fahre gleich zu Stefan und hole ihn. Hier wollen wir alle zusammen leben. Wir werden es gut haben.«

Sie starrte ihn an. Um seine Mundwinkel zuckte es beständig. Es war wie ein unendlich verzweifeltes Lächeln.

»Ist es wahr, was Hela von dir erzählt?« Sie fuhr auf und blieb drohend vor ihm stehen.

Er schien ihre Frage zu überhören.

»Ich werde für dich alles tun, was du willst. Ich schaffe Geld, dann fahren wir hin, wo es warm ist, vielleicht wird Stefan noch gesund werden.«

»Ist es wahr?«

Sie stampfte mit dem Fuß.

Er sah sie traurig an. Nie hatte sie ihn so traurig gesehen. Eine grenzenlose Verzweiflung wühlte in ihrer Seele. Aber er antwortete nicht, ließ nur den Kopf sinken und setzte sich hin.

»Sag doch! Sag doch, daß sie gelogen hat!«

Ihre Stimme brach in einem Weinkrampf.

»Willst du mein Weib werden?« fragte er stumpf.

»Nein! Nein! Du liebst *sie*, nur *sie!* Ich soll dir das Mittel sein, das dich Hela vergessen läßt. Ich will nicht!« – Sie schrie es laut. – »Du hast mich belogen. Du liebst mich nicht ... Du – du spieltest mit mir, um sie krank vor Raserei und Eifersucht zu machen. Ich will dich nicht sehen, und sie auch nicht! – Geh doch zu ihr! Das ist das Weib für dich! Was willst du mit mir?«

Sie beruhigte sich, wurde müde, sie sprach leise halb schluchzend vor sich hin.

»Nein, nein ... Ich habe es nie so deutlich gesehen, wie gerade jetzt, daß du nur sie liebst. Ihr beide spielt mit mir, ich bin nur die spanische Wand für euch. Nein! laß mich in Ruh, ich gehe jetzt zu Stefan. Ich will jetzt bei Stefan Tag und Nacht sein. – Ich habe ihn zu viel vernachlässigt ... Und wenn ich dich um etwas bitten darf, so komm hin und wieder zu ihm. Er liebt dich über alles.«

Sie sah ihn hart an.

Gordon hörte mit steigender Verwunderung. Das war ein ganz neues Weib, das er jetzt vor sich hatte. Das war nicht seine alte, willenlose Pola. Er fühlte in ihr ein großes Stück von Helas Seele krampfhaft zucken. Er wollte ihr etwas sagen, er fühlte, daß er etwas sagen mußte, aber die Worte erstarben ihm auf der Zunge.

»Sei mein Weib«, sagte er endlich.

»Nein! Ich will nicht! Niemals, niemals ...Ich habe Angst vor dir. Ich ...ich fürchte mich vor dir. Ich habe Angst vor allem, was mit dir in Berührung steht ...Oh, sie hat mir so viel erzählt, sie hat mir die Seele mit tausend Nadeln gepeinigt ...Ich habe Angst vor euch beiden ...Und dieser Schmutz, dieser Ekel im Leben! Alles, alles hat sie mir gesagt ...Nein, nein – laß mich gehen ...Ich muß zu Stefan, Stefan ist krank ...«

Sie kam in eine unbeschreibliche Unruhe.

»Nein, nein ...Ich will nichts hören, laß mich! Ich habe Angst ...Oh, geh zu ihr – sie ist so verzweifelt, so zerrissen ...«

»Pola!«

Aber sie hörte nicht auf ihn. Sie lief rastlos im Zimmer auf und ab.

»Jetzt geh ich! Jetzt geh ich!«

Sie fing von neuem an zu schluchzen, und lief plötzlich zur Tür hinaus.

Er ermannte sich, lief ihr nach und packte sie am Arm.

»Wart doch, Pola, ich werde dich zurückfahren, wenn du willst ...«

»Nein, nein! Ich will gehen! Ich muß gehen! Ich quäle mich so entsetzlich in deiner Nähe ... Oh, oh – sie hat dich geohrfeigt, und du wagtest nicht ein Wort zu sagen ...Du warst mein Stolz, mein König, und ein Weib hat dich geschlagen. Vor meinen Augen hat sie mit der Peitsche nach dir geschlagen ...«

Gordon hörte nicht, er rief wütend nach dem Schlitten.

Sie standen vor der Tür.

Es regnete.

»Laß mich gehen! Ganz allein ...Ich muß jetzt allein sein ...Ich werde dir so dankbar sein, wenn du mich allein gehen läßt ...Ich werde dir die Hände küssen, aber laß mich nur, laß ...«

Im selben Nu entwand sie sich seinem Arm und rannte über den Hof aufs Feld.

Gordon setzte ihr nach, glitt aus, fiel, raffte sich auf und erreichte sie schließlich, als sie vor Erschöpfung zusammenbrach.

Sie leistete keinen Widerstand mehr. Er trug sie zurück. Er fühlte, daß sie ganz durchnäßt war und im Fieberfrost zitterte.

»Laß mich! Ich werde allein gehen, es quält mich, daß du mich trägst ...«

Sie ging neben ihm.

Als sie wieder auf den Hof kamen, stand der Diener bei den Pferden ...

»Geh! hol den Pelz!« schrie ihn Gordon an.

Er wickelte sie in den Pelz ein.

»Schließ das Haus, komm in die Stadt und hol die Pferde bei Paetzel!« ...

Den ganzen Weg sprachen sie kein Wort.

Vor Stefans Haus blieb er stehen.

»Pola!« sagte er traurig.

»Nein, laß mich ...« Sie verschwand in der Haustür.

Gordon lächelte, aber es würgte ihn im Hals, er fühlte eine unausstehliche Qual ...

Als er bei Paetzel ankam, sollte der Laden eben geschlossen werden.

»Herr Ostap ließ Ihnen sagen, daß er zu Huth gegangen ist.«

Der Kommis lächelte bedeutungsvoll.

Gordon sah ihn streng an.

»Ist der Hausknecht da?«

»Zu Diensten.«

»Halt die Pferde, bis mein Maciej kommt.«

Gordon gab ihm Geld und ging zu Huth.

Er traf Ostap in einem Hinterzimmer. Ostap trank Wein, auf seinen Knien saß ein Mädchen und sang ihm zur Gitarre.

»Nun, da bist du endlich! Drei Stunden hab ich gewartet. Tut nichts … Sieh nur das Ding hier an: noch nicht siebzehn und schon verdorben wie eine Dreißigjährige. Erfahren in allen Künsten der Unzucht … Unglaublich, was sie für Lieder singt.«

Das Mädchen lachte Gordon frech zu …

»Fischerin, du Kleine,
Zeig mal deine Beine …«

Sie war offenbar betrunken, ihre Stimme war heiser.

Gordon setzte sich hin und sah sie beide gleichgültig an.

»Ein echtes Satanskind!« Ostap sagte es fast gehässig … »Aber geh doch, Käthe. Du bist besoffen. Geh! Hol noch Wein.«

Er gähnte gelangweilt.

»Na ja! Nicht wahr, Gordon?«

Er sah Gordon an und nickte traurig mit dem Kopf.

Als Käthe gegangen war, sahen sie sich lange und fast feindlich an.

»Du hast dich sonderbar verändert«, sagte Gordon endlich.

»Nun ja, warum nicht? Laß uns wieder Freunde sein. Ich habe ja schließlich nur dich, obwohl ich dich jetzt nicht mehr ausstehen kann.«

Käthe kam mit dem Wein.

»Und jetzt, lieb Käthchen, geh schlafen, allein, ganz allein, wie es sich für sittsame Jungfrauen geziemt. Hier hast du mein ganzes Geld und steh um sechs Uhr auf. Wahrscheinlich wirst du uns noch hier finden. Ja, richtig, bring noch zwei Flaschen, aber beeil dich.«

Als alle seine Aufträge erledigt waren, sah er Gordon wieder an mit einem halb gutmütigen, halb spöttischen Lächeln.

»Wir haben doch eigentlich ein großes Stück Leben zusammen verlebt. Ich glaube, spätere Jahrhunderte werden sich noch von dem sauberen Dioskurenpaar erzählen …«

Gordon sah ihn ernst und müde an.

»Hör, Ostap, willst du mir Unannehmlichkeiten sagen, so laß es nur. Es langweilt mich. Ihr haßt mich alle und rächt euch dadurch, daß ihr mich beschimpft. Neulich hat Hela mir eine Ohrfeige gegeben, vor ein paar Tagen schlug sie nach mir mit der Peitsche. Ich weiß nicht, was ich ihr getan habe.«

Ostap dachte nach.

»Weißt du, ich habe in der letzten Zeit viel darüber nachgedacht, daß ihr beide euch eigentlich ähnlich seid. Nur du bist ein überlegener Mensch, und sie ist ein hysterisches Weib. Aber ihr habt beide denselben perversen Zug.«

Gordon sah ihn fragend an.

»Ihr liebt zu leiden«, sagte Ostap nachdenklich. »Es ist ein fataler Drang in euch beiden, euch Leiden zu schaffen. Ich habe übrigens ein charakteristisches Gedicht von dir, als du noch sehr jung warst. Darin flehst du Gott an, er möchte dir ein Leiden schenken, ein unendlich stolzes – den Ausdruck brauchst du – heiliges Leiden, stolzer und heiliger als das seines großen Sohnes …

Es ist Poesie darin, Schönheit. Du liebst die Schönheit. Du bist selbst schön in deinen Träumen. Es steckt etwas von Alexander dem Großen in dir, von einem Byron, einem Karl dem Zwölften.«

Gordon schwieg und spielte mechanisch mit der Flasche.

»Ja, so trinken wir«, sagte Ostap. »Sonderbar! Ich fühlte immer deine Macht, aber heute fühl ich sie nicht mehr ... Nun ja. Mir kommt es vor, als war ich heute erst reif geworden.«

Gordon dachte nach.

»Ja. Eine sonderbare Veränderung hat sich in dir vollzogen ...«

Er wurde plötzlich unruhig.

»Du denkst wohl an etwas Furchtbares«, flüsterte er leise.

Ostap lächelte.

»Ich will alles tun, was ich dir versprochen habe. Ich weiß eigentlich nicht, warum, denn ich habe alles Interesse an der ganzen Sache verloren ... Ja, richtig, der kleine Wronski hat wohl auch etwas mit der Affäre zu tun? ... Nun ja, ich will dich nicht nach deinen Absichten fragen ... Aber den Kleinen mußt du gut beschützen. Er ist krank und läuft mit einem sehr starken Fieber umher.« Er lächelte leise. »Ich glaube, er hat mir zu einem seltsamen Durchbruch in meiner Seele verholfen. Er hat mich so grenzenlos einsam gemacht ...«

Er schwieg und starrte Gordon an.

»Du kennst mich nicht. Du siehst mich nur durch deinen Haß«, sagte Gordon sehr leise. »Du weißt nichts von mir. Ihr alle wißt nichts von mir. Ich bin einsamer als du ... Nun ja, Ostap, ich glaube dir, daß du zu allem bereit bist, aber ich fühle, daß du etwas Furchtbares gegen dich selbst im Schilde führst ...«

»Laß doch, Gordon, laß doch – Trink! Dein Wohl! Ich hasse dich gar nicht mehr ...«

Es schien, als ob Ostap alles das ganz mechanisch sagte und über etwas ganz anderes nachgrübelte.

»Du, Gordon, ich habe ein Kind getötet«, stieß er gewaltsam hervor und atmete schwer.

Gordon sprang auf, setzte sich aber gleich wieder.

»Mein eigenes Kind«, flüsterte Ostap und lächelte mit einem blöden, wahnsinnigen Lächeln.

Sie starrten sich lange sprachlos an.

Es verging wohl eine halbe Stunde in tiefstem Schweigen.

Plötzlich sah Ostap Gordon von neuem an mit einem seltsam verlegenen Lächeln.

»Ich träume immer davon«, sagte er, »immer …«

Er hustete auf, trank und begann schnell und eindringlich zu sprechen.

»Kein Mensch hat es gesehen. Kein Richter kann es mir nachweisen, und doch habe ich das Gefühl, daß jeder Mensch es weiß. Ich sehe mein Geheimnis auf allen Anschlagsäulen, ich lese meinen Steckbrief in allen Zeitungen …«

Er sah sich verwirrt um, lächelte und fing nervös das Glas zu drehen an. Aber er schien ein krankhaftes Verlangen zu haben, zu sprechen, sich mit seiner eigenen Rede zu betäuben.

»Das mit Hela … Nein! Ich will nicht von Hela reden, es tut mir so entsetzlich weh – ich bekomme jedesmal so eine Art Herzkrampf … Du lächelst?«

»Nein, es fiel mir nicht im Traume ein, zu lächeln«, antwortete Gordon sehr ernst.

»So? Es kam mir so vor. Aber es interessiert dich?« Er sah Gordon boshaft an. »Du bist doch sehr neugierig auf mein Verhältnis zu Hela?«

»Nicht mehr, als es meiner Absicht nützlich ist.«

Ostap lachte auf.

»Nun! Das ist ehrlich gesprochen. Ja, ja – ich interessiere dich auch nicht mehr, als es deinen Absichten nützlich ist. He he – ich sollte dich eigentlich viel mehr interessieren. Es steckt in mir viel von deiner eigenen Natur ….«

Er gähnte.

»Hast du eigentlich die Geschichte gehört von dem Mörder, der ein reiches Weib ermordet, ihre Kasse plündert, glücklich entkommt, sich aber plötzlich auf einen Kanarienvogel besinnt, den er dort oben gesehen hat? Er geht zurück, obwohl er das Äußerste riskiert, schüttet dem Vogel Nahrung in den Käfig, damit er nur ja nicht verhungert. Sieh! Das ist typisch für uns alle. Wir können morden und stehlen, ohne eine Sekunde etwas anderes als Freude zu empfinden, Freude, daß man nicht entdeckt wird … Aber das Kleine, das Süße … He he – die Kanarienvögel! Die dürfen nicht verhungern … Kinder darf man nicht morden«, flüsterte er bebend. Kalter Schweiß stand ihm in dicken Tropfen auf der Stirn.

Pause.

»Du bist auch ein Verbrecher, aber deine Instinkte sind sicherer als meine … Du würdest niemals so ein kleines, lumpiges Verbrechen begehen … Du bist von dem Schlage der großen Verbrecher … so ein degeneriertes, verbrecherisches Genie … Du bist ein Karl der Zwölfte! Ja! grade Karl der Zwölfte!«

Er kam in eine triumphierende Aufregung.

»Ich habe so viel über das Rätsel »Gordon« nachgegrübelt, aber jetzt habe ich es gelöst. Sieh doch nur Karl den Zwölften an: Er geht von seinem Vaterlande weg, weiß Gott weswegen und wozu, er verwickelt sich in einen Krieg mit ganz Europa, schlägt mit achttausend Menschen fünfzigtausend Russen! Verstehst du? acht- gegen fünfzigtausend?! Er prügelt August den Starken durch und – und … he he … läßt sich von einem dummen Barbaren, einem Mazeppa, in die Sümpfe locken, weil ihm seine Erzählungen unter einem gestirnten Himmel so entsetzlich gefallen … Ha ha ha … der arme Ästhetiker! Dann geht er nach der Türkei, sitzt dort fünf Jahre … Alles nur um einer fixen Idee willen – verstehst du? – um einer fixen Idee willen, habe ich gesagt – rafft sich auf, reitet von der Türkei bis nach Stralsund in vierzehn Tagen zurück … He he he … Warum? Weshalb? Sein ganzes Reich hätte ruhig zu Grunde gehen können und er würde sich den Teufel daran gekehrt haben. Aber seine fixen Ideen mußten befriedigt werden …«

»Du sagst, das Beispiel ist schlecht gewählt? Nein, nein … Du bist einer von diesen Menschen, ein Alexander der Große, der sich zum Gottessohne ernennen läßt und an seine göttliche Herkunft in allem Ernste glaubt. Du bist ein Byron, der König von Griechenland werden will …

Warum tut ihr das? Heh? Das ist eben das Große, daß ihr das Warum nicht kennt, daß ihr keine Gründe habt. Deswegen, nur deswegen habt ihr die fürchterliche Macht über die Menschen. Ich liebe das, ich liebe es über alle Maßen. Ich bin ein Mitverbrecher, Mitverbrecher sag ich wohlweislich, Mitverbrecher aus Liebe zu dieser mystischen, abenteuerlichen Natur, die sich durch euch kundgibt.«

Er lachte plötzlich ganz unvermittelt mit einem häßlichen, boshaften Lachen.

»Sieh, sieh: darin seid ihr euch auch alle ähnlich. Karl der Zwölfte war ein gottesfürchtiger Mann, einer, der die Gerechtigkeit über alles liebte, aber er kannte kein größeres Vergnügen, als zu morden, zu brennen und Menschen zu braten … Er war ein enragierter Mordbrenner. Er verbrannte Häuser, er verbrannte die Ernte auf dem Felde, und nie war er so glücklich wie damals, als er von Stralsund seiner Schwester schrieb, daß er so ein paar tausend Menschen geschmort habe … Hast du jemals dies kleine, spitze Mädchengesicht gesehen? Akkurat wie das deinige!

Byron höhnt über die Welt, er verachtet sie und alles, was sich auf ihr befindet, aber er selbst will König von Griechenland werden! Und du … du … du glaubst zerstören zu müssen aus einer finsteren Theorie heraus. He he – wie du dich belügst! Du zerstörst doch nur, weil du diese Hölle von Haß und Ekel in dir trägst. Nein, nicht Ekel, das lähmt und zerstört die Energie, aber Haß – Haß! Ich habe nie geglaubt, daß ein Mensch so maniakalisch hassen kann …«

Er warf plötzlich das Glas in die Ecke und trank mit gierigen Zügen aus der Flasche.

»Du paßt nicht in unsere Zeit. Es gibt hier keinen Raum für dich. In einer anderen Zeit könntest du König werden, könntest die Russen schlagen, mit dreißig Menschen tausende von Türken in die Flucht jagen, dann in vierzehn Tagen tausende von Meilen zurücklegen, auf den Wällen von Frederikshall schlafen und von weißen Nächten träumen … Jetzt kannst du das nicht, deswegen rächst du dich …

Hast du seine Handschrift gesehen? Seine: natürlich Karls des Zwölften? Sie ist der deinigen ähnlich. Und weißt du, daß er nie ein Weib gehabt hat, körperlich mein ich? Weißt du das? Ich bin nicht sicher, ob du … Hela! He he, Hela! Das war so eine Art mystischer Hochzeit – aus dem Gehirn heraus. So eine Art Gehirnekstase … Und ich habe gemerkt, daß du plötzlich einschlafen kannst und ebenso plötzlich aufwachst, ohne zu wissen, daß du geschlafen hast … Du bist der einzige Verrückte unter uns. Du bist der, der ein reiches Weib mit vollendetster Ruhe morden kann, aber um keinen Preis einen Kanarienvogel verhungern lassen würde.«

Gordon runzelte unwillig die Stirn.

»Nun, jetzt genug davon! Genug von dem betrunkenen Geschwätz. Ich habe hier eine Stunde gesessen und auf das sinnlose Zeug gehört, ich saß ganz ruhig und geduldig, aber jetzt hab ich genug!«

»Hast du genug? So geh doch zum Teufel!«

Ostap schlug mit der Faust auf den Tisch.

»Warum sitzst du hier? Was willst du noch? Jetzt kannst du mich ins Zuchthaus bringen, wenn du willst … He he, versuch es nur! Ein Romantiker ist immer edel, ein Romantiker begeht nie eine unedle Handlung, und du – Karl der Zwölfte, der König von dem neuen Syon, solltest einen Menschen denunzieren, weil er ein unschuldiges Kind gemordet hat? He he he … Herodes hat tausende von Kindern gemordet, dafür wurde er von den Würmern gefressen …«

Er stutzte plötzlich.

»Glaubst du, Gordon, daß das mit den Würmern bildlich zu nehmen ist? Übrigens will ich dich gar nicht aufhalten …«

Er legte sich auf das Sofa hin und starrte die Decke an.

»Die Psychologie ist doch das dümmste Zeug auf Erden. Na ja …« Er setzte sich wieder auf. – »Jetzt können wir anfangen, vernünftig zu sprechen. Also zu den Geschäften, nicht wahr?«

Er wurde mit einemmal sehr ernst und gleichgültig.

»Die Proklamation hat Wronski geschrieben?«

»Ja.«

»Ich finde sie sehr gut.«

»Ich auch.« Gordon strich sich nachdenklich durch die Haare.

»Wer verbreitet sie?«

»Okonek.«

»Wollte er sich nicht im vorigen Jahr den Hals durchschneiden?«

»Ja.«

»Hast du ihn auch gefangen?« Ostap sah bewundernd zu Gordon auf … »Ich gratuliere dir, du bist wirklich zu Zeiten ganz bewunderungswürdig. Ich habe ihn im vorigen Jahr betrunken gesehen, ich glaube, er hatte Delirium, und da schrie er: »Ich bin Ich« … Ich dachte gleich, das würde etwas für dich sein … Aber weißt du, Gordon, mich interessiert das eigentlich zu wenig. Du verstehst das doch: Ich bin nur Amateur – nur Amateur …«

Er trank die Flasche leer, plötzlich schlug er sich mit der flachen Hand gegen die Stirn. Er wurde ungewöhnlich erregt.

»Sag mal, Gordon«, er rückte ihm ganz nahe und lächelte boshaft – »sag mal nur: ist nicht eigentlich Okonek und Sobek dieselbe Person? Du weißt, der famose Sobek, der im vorigen Jahre deine Scheune angezündet hat? Der famose Sobek, der deinen Förster erschossen haben soll! Ha ha ha … mich interessierte die Geschichte, ich forschte nach und da hab ich erfahren, daß Sobek in jener Zeit krank und schwach war … Mir kam es immer verdächtig vor, daß Sobek es getan haben sollte … He he he, wie jetzt dein Gesicht aufzuckt, wie mich deine Augen anstarren …«

Ostap rückte ihm noch näher.

»Hast du nicht eine kleine Personenverwechslung vorgenommen? Heh?«

Gordon faßte sich und lächelte still.

»Du hast gut geraten«, sagte er plötzlich. »Okonek hat den Förster erschossen, Sobek ist zwei Tage später gestorben. Niemand weiß es und niemand wird es wissen. Wenn einer tot ist, kann man ihm alles in die Schuhe schieben. Das tut nichts. Aber Okonek wurde mein Sklave, mein Hund. Das bedeutet viel für mich. Es ist auch wichtig, daß alles, was jetzt geschieht, auf das Konto von Sobek geschrieben werden kann …«

Ostap sah mit steigender Verwunderung Gordon an.

»Noch nie hast du so offen zu mir gesprochen. Bezweckst du etwas mit deiner Offenheit?«

»Nein! Aber ich finde, daß man jetzt offen sein kann; du verstehst, was ich mit diesem *jetzt* meine?«

Ostap sah ihn gehässig an.

»Und jetzt wirst du den toten Sobek die Schnittlersche Fabrik anstecken lassen?«

Ostap lachte heiser auf.

Gordon wurde mit einemmal ganz blaß, aber er antwortete nicht.

»Was? Ist es nicht dein Plan? Du bist ja so erregt. Warum antwortest du nicht? Willst du nicht deine Offenheit auch über diesen Plan erstrecken?«

Gordon lächelte verächtlich.

»Gott, Gordon, bist du ein naives Kind. Mord, Brand, das kann jeder Knecht ausdenken; aber bist du noch nicht auf die Idee verfallen, Reinkulturen von Cholera- oder Typhusbazillen zu züchten? Heh? Noch nicht? Ein Mittel *fin de siècle* … Ein wirklich raffiniertes Mittel. In einer Woche ist die Epidemie über die ganze Provinz verbreitet …«

Er flüsterte, aber auf einmal stampfte er mit dem Fuß, sein Mund bebte, er zitterte am ganzen Körper.

Gordon stand auf. Sie starrten sich eine Sekunde lang an.

»Satan!« zischte Ostap.

»Ich werde dich auf offener Straße niederschießen, wenn du nur wagst, den Mund zu öffnen.«

Gordon trat Schaum auf die Lippen.

Eine Sekunde schien es, als wollten sie sich aufeinanderwerfen. Ostaps Hände flogen suchend umher.

Gordon beherrschte sich zuerst und ging, ohne ein Wort zu sagen.

IX.

Vorne war die Haustür geschlossen, er mußte hinten hinausgehen und den Weg durch einen großen Garten nehmen.

Kaum war er aber einige hundert Schritt gegangen, als Ostap atemlos ihm nachstürzte und krampfhaft seinen Arm faßte.

»Geh nicht, um Gotteswillen! Bleib bei mir! Du hast die Kraft. Ich bin ruhig bei dir, ich lebe jetzt nur von deiner Kraft. Ich bin schwach, du kannst mich beschützen. Ich habe Angst, du zerstreust sie … Komm, komm nur, ich werde stehlen, morden, plündern, ich werde die ganze Provinz mit Bazillen verpesten …«

Er konnte nicht weiter sprechen, er wiederholte nur sinnlos dieselben Sätze …

Gordon sah ihn an. Er war wie verwandelt, sein Gesicht in Krämpfen verzerrt, sein Mund bebte.

»Nein! Ich will nicht«, sagte Gordon endlich. »Ich habe lange genug auf dein Geschwätz gehört. Du gibst dir nur die erdenklichste Mühe, mich zu beleidigen.«

»Nein, nein!« Ostap rang die Hände. »Ich will dich nicht verletzen, aber du bist für mich ein Alexander der Große, ein Byron, du bist ein Karl der Zwölfte.«

Gordon wandte sich unwillig ab und ging. Ostap hielt ihn gewaltsam zurück.

»Geh nicht! Du wirst es bereuen. Ich habe heute einen Orkan von Angst in mir, einen Orkan, sag ich dir … He he. – Weißt du, was eine Wasserhose ist? Häuser, Dörfer, Bäume werden wie Stroh weggefegt. Du wirst es bereuen … Sieh mal, das hab ich auf jeden Fall mitgenommen …«

Er zeigte Gordon einen Revolver, aber seine Hand zitterte so heftig, daß er ihm beinah entfallen wäre …

»Ich habe drei Monate getrunken. Unaufhörlich getrunken. Ich kann es tun …«

Gordon sah ihn lange an und kehrte, ohne ein Wort zu sagen, mit Ostap um.

Als sie wieder im Zimmer saßen, sah Gordon, daß Ostap wie verwandelt war.

Sein Gesicht drückte eine fast hündische Unterwürfigkeit aus. Seine Augen glühten fieberhaft und flogen flackernd umher.

»Was willst du haben? Willst du Wein? Sieh, hier sind noch drei Flaschen. Soll ich Käthe rufen? Sie wird die ganze Nacht singen, wenn du willst … Sie liebt dich: sie sagte mir, sie würde drei Jahre von ihrem Leben hingeben, wenn sie eine einzige Nacht bei dir schlafen dürfte …«

»So hör doch auf mit diesem Geschwätz!«

Gordon rückte unwillig mit dem Stuhl.

Ostap sah ihn verwundert an und brach dann plötzlich in ein langes Gelächter aus.

Gordon trommelte mit den Fingern auf dem Tisch.

Ostap rückte ihm ganz nahe, er wurde mit einem Male ruhig und sah ihm mit gespanntester Neugierde in die Augen.

»Sag mir nur ganz ehrlich, Gordon: Warum denn diese Geheimniskrämerei? Ich kann dir ja sehr viel nützen … Also sag mal, hast du wirklich nicht daran gedacht, das Fabrikvolk aufzuwiegeln und mit seiner Hilfe die halbe Stadt zu zerstören?«

»Nein!«

»Wirklich nicht? Aber das ist doch fabelhaft. Ich verstehe es nicht. Das ist doch etwas, worauf man sofort verfallen muß, wenn man nur ein wenig logisch denkt! Fabelhaft! Fabelhaft! Du hast doch daran gedacht, die Arbeiter arbeitslos zu machen …«

»Wer hat dir denn gesagt, daß ich die Fabrik niederbrennen will? Ich habe nicht im Traume daran gedacht.«

Ostap sah ihn mit höchster Verwunderung an.

»Hast du nicht daran gedacht? Aber das ist doch das Wichtigste! Was willst du mit dem bißchen Geld? Wieviel werden wir erbeuten? Doch höchstens fünfzigtausend Mark. Die große Hauptsache ist doch, den Aufruhr zu säen, das Volk daran zu gewöhnen, kleine Putsche zu veranstalten, fremde Läden auszuplündern … Das Wichtigste ist doch, den Respekt vor dem Eigentum zu zerstören, das Volk zu lehren, daß es nehmen soll und nicht warten, bis man ihm etwas gibt … He he, du bist ein Träumer, ein Phantast. Deine Theorie ist schön, wundervoll, prächtig – nie seit Catilina hat ein Mensch eine bessere Idee gehabt, alle Satanskinder zu sammeln, um zu zerstören. Aber die Hauptsache, die große Hauptsache, daß man erst Millionen zu Satanskindern machen muß: das hast du vergessen. Brenn doch die Schnittlersche Fabrik nieder! Tausend Arbeiter verlieren ihr Brot. Wo kann man jetzt mitten im Winter Arbeit finden? Wie kann man ihnen auch beim besten Willen Arbeit schaffen? Tausend Arbeiter, eintausend arbeitslose Arbeiter! …«

Ostap schluckte, seine Augen glänzten wie Kohlen, auf seinem Gesichte malte sich ein fanatischer Triumph.

»Eintausend arbeitslose Arbeiter! Das bedeutet: einhundert sterben am Hunger, einhundert werden zu Vagabunden und Bettlern … das ist nicht interessant. Einhundert werden Diebe … paß auf! jetzt fängt es an, interessant zu werden. Einhundert weibliche Arbeiter werden zu Prostituierten und vergiften mit Hilfe der Syphilis mindestens eintausend Männer … Aber alle – alle verfallen dem Satan. Das Volk verfällt immer dem Satan, wenn es keine Arbeit hat …«

Gordon saß nachdenklich da.

»Ich habe eigentlich gar nicht daran gedacht, mich des Volkes zu bedienen.«

»Aha! Aha! Da haben wir den famosen Kanarienvogel! Da haben wir ihn!«

Ostap würgte an seinem absichtlichen Lachen.

»Der Romantiker kommt zum Vorschein. Du bist ein Fourrier, ein Babeuf … Du hast Mitleid mit den Unterdrückten … Ha ha ha! Du leidest mit! Da also steckt der Kanarienvogel!«

»Hier ist keine Rede von Mitleid. Es lag nur nicht in meinem Plan. Es nützt mir zu wenig. Hier sind zu wenig Arbeiter.«

Ostap bohrte sich mit seinen Augen in seine Seele.

»Das ists ja eben, was ich meine. Du denkst im großen. Du baust Phantasterien. Du operierst mit Tausenden, mit Millionen. Und grade das ist Phantasterei, das ist Karl der Zwölfte … Du benutzest doch den Okonek: das ganze Volk ist nur ein stupider Okonek, man kann es lenken und biegen, wie man will.«

Aber plötzlich schien Ostap müde zu werden. Seine ganze Begeisterung brach zusammen. Er warf sich auf das Sofa und sah gleichgültig und zerstreut vor sich hin.

»Du bist ein kranker Mensch«, sagte er endlich. »Du siehst das Gras wachsen, du hast kolossale Ideen, aber dabei bist du unpraktisch wie ein Kind.«

»Kannst du denn nicht endlich aufhören, dich mit meiner Person zu beschäftigen?«

Gordon schien gereizt zu sein.

Ostap richtete sich auf und sah ihn mit boshaftem Lächeln an.

»Und hast du wirklich nicht daran gedacht, Reinkulturen von Bazillen zu züchten? Wirklich nicht? … Nun ja, lassen wir das! Geh du nach Hause, geh! geh! Ich werde Käthes jungfräuliche Träume stören. Geh, geh, und vergiß nicht, was ich dir sagte! He he, ich stehe dir zu Diensten, ich werde dir einen Fackelzug arrangieren, wenn die Fabrik erst niedergebrannt ist, einen Fackelzug mit Einbrüchen und dergleichen … Aber denke daran, daß du ein kranker Mensch bist. Du mußt dir mißtrauen. Du hast ausgezeichnete Ideen, so z. B., daß alle Satanskinder einander nicht kennen sollen und doch einem leitenden Grundmotive folgen oder vielmehr die Suggestion von einer über die ganze Erde verzweigten Verschwörung bekommen. Das alles ist sehr fein und sehr psychologisch, aber du bist zu scharfsinnig, du übersiehst das Einfachste … He he, das Einfachste, das Sublimste, die eleganteste Lösung der sozialen Frage: Reinkulturen von Cholera- und Typhusbazillen zu züchten!«

Gordon sah ihn lange an und lächelte spöttisch.

»Was meinst du? Was?« Ostap wurde sehr eifrig.

»Hör, Ostap, dieser Abend war für mich sehr lehrreich. Ich habe dich heute besser kennen gelernt als in den letzten zwölf Jahren. Sag nur: dies mit der Fabrik und dem Brotlosmachen der Arbeiter hast du doch nur ausgedacht, um mein Gewissen auf irgend eine Weise mit einem Verbrechen zu belasten? Wie?«

»Donnerwetter, bist du scharfsinnig! Ich habe ja gesagt, daß du das Gras wachsen hörst.«

Gordon wurde mit einem Male sehr ernst und sah Ostap nachdenklich an.

»Übrigens hast du diese Idee von mir selbst bekommen oder vielmehr indirekt durch die Flugblätter, die du in letzter Zeit gelesen hast.«

Ostap wurde sehr erregt.

»Also bist du wirklich von selbst auf diese Idee verfallen? Früher, bevor ich ein Wort sagte?«

»Ja, früher! Ich habe den Plan schon in London gefaßt und ihn ganz genau ausgedacht. Ich habe dir ruhig zugehört, weil ich neugierig war, ob du mir etwas Neues sagen könntest, was ich vielleicht übersehen hätte ... Leb wohl! Sei morgen um sechs Uhr nachmittags zu Hause. Hartmann wird dich besuchen.«

»Wer?«

»Hartmann! Er ist Ingenieur in der Schnittlerschen Fabrik ... He he, du siehst, ich habe keine Geheimnisse mehr vor dir ...«

Ostap ging schweigend auf und ab.

»Ja, du, Gordon...« Er blieb vor Gordon stehen – »Du bist der größte Verbrecher, den ich je gesehen habe. Du bist ein so großer Verbrecher, daß du nicht einmal ein Schurke bist ... Jetzt versteh ich, warum ich in deiner Nähe so stark bin: in deinem Verbrechen gehen alle andern ohne Rest auf ... Aber du lügst, du lügst: die Idee, die Fabrik niederzubrennen, die Arbeiter brotlos zu machen und sie zu veranlassen, die Stadt zu plündern, stammt von mir. Du warst überrascht; du hast nie daran gedacht. Morgen, übermorgen wirst du die Idee ausführen, aber die Idee ist *mein!* Verstehst du? *Mein!* Gesteh es nur!«

Er schrie es rasend heraus.

»Du hast mich um meine Ideen bestohlen! Du hast sie immer von mir genommen! Und ich, ich, lächerlicher Idiot, mußte dein Knecht sein!«

Er hatte sich ganz vergessen, er schrie ganz laut und schlug mit der Faust wütend auf den Tisch.

Gordon sah ihn verächtlich an, lachte dann fast fröhlich auf und ging.

Kaum war er aber in der Tür, als Ostap ihm eine volle Flasche nachwarf. Er hatte aber keine Macht mehr über seine Glieder: die Flasche flog zu hoch und zerbrach an der Wand.

X.

Draußen war Regen. Gordon wurde sehr froh.

Der verdammte Schnee hatte ihm viel Sorge gemacht. Nun würde er bald wegschmelzen. In zwei Tagen ...

Er sah auf die Uhr. Es war bald vier. Er könnte noch zu Hartmann gehen. Aber nein! Das wollte Botko besorgen. Er war übrigens sehr müde.

Er ging gedankenlos, fast mechanisch, ohne sich um den Regen zu kümmern: als er aber nach Hause kam und in sein Arbeitszimmer trat, warf er sich, ohne sich auszukleiden, todmüde auf das Bett und schlief sofort ein. Schon nach einer Stunde wachte er auf, ging durch ein paar Zimmer und trat in ein kleines Kabinett.

»Botko!«

Keine Antwort.

Gordon zündete Licht an.

Botko schlief.

Gordon brauchte lange Zeit, bis er ihn wach bekam.

»Man könnte dir eine Kanone vor den Ohren abfeuern und du würdest ruhig weiterschlafen.«

»Ich kam ja erst vor zwei Stunden zurück. Ich bin zum Sterben müde.«

»Nun?«

»Ja, ich war überall.«

»Und?«

»Und! Nun wart ein wenig. Ich muß aufstehen, sonst würd ich sofort wieder einschlafen.«

Er kleidete sich notdürftig an.

»Wir müssen uns beeilen. Dieser Wronski kann uns sonst wegsterben. Übrigens hat er Fieber; das tut aber nichts, das gibt den nötigen Fanatismus. Ja, siehst du, Gordon, jetzt darfst du nicht länger zaudern. Wronski ist wichtig, das ganze Rathaus muß niedergebrannt werden, sonst kommt man uns auf die Spur. Vor allen Dingen die Rechnungsbücher ... und dann sind die Nummern von dem Papiergeld wahrscheinlich sorgfältig notiert.«

»Ja, ja, das ist die Hauptsache.«

»Dann war ich bei Hartmann.« Botko sprach sehr geschäftig und zündete sich eine Zigarette an. »Der ist der sicherste. Ich kenne sie, diese Ideologen. Sie können einem die Kugel durch den Kopf jagen mit derselben Ruhe, mit der man Geld wechselt ... Die kennen kein Gewissen und keine Angst.«

Gordon sah nachdenklich zu Boden.

»Hauptsache ist, daß das Rathaus bis auf die Fundamente niederbrennt«, sagte er grübelnd. »Übrigens ist es ein unglaublich gutes Propagandamittel. In einem Jahre werden alle Staatsgebäude ringsum brennen. Bis jetzt ist noch kein Mensch darauf verfallen. Bakunin ließ nur öffentliche Dokumente verbrennen. Ich lasse die öffentlichen Gebäude ... Wen hast du noch gesehen?«

»Ich habe mit Okonek sehr lange gesprochen. Er ist ungewöhnlich intelligent für einen Arbeiter. Er macht seine Sache ganz ausgezeichnet. Das Fabrikvolk ist furchtbar aufgeregt. Es ist ziemlich sicher: sobald die Fabrik niedergebrannt ist, wird das Volk in seiner Wut einfach alles machen. Übrigens schnauben sie Rache gegen den Fabrikanten – wie heißt er doch?«

»Schnittler.«

»Ja, Schnittler. Dieser brave Herr hat die Hälfte der Fabrikmädchen geschwängert. Das trifft sich sehr günstig ... Okonek hat noch zwei junge Kerle da. Einer soll sogar studiert haben, ist seit kurzem erst hier. Er behauptet, daß sie drei alles allein machen können.«

»Hat Okonek die letzte Proklamation bekommen?«

»Er vertreibt sie jetzt mit Hülfe von Wronskis Vetter.«

Botko zündete sich eine neue Zigarette an.

»Was ist es eigentlich mit Sobek?« fragte er neugierig.

»Er ist gestorben, zwei Tage nachdem Okonek meinen Förster erschossen hatte. Er liegt in einer Torfgrube, die jetzt zugeschüttet ist.«

»Wie hast du aber seinen Tod verheimlichen können?«

»Es war schwer genug.«

»Hast du ihm wirklich nicht beim Sterben geholfen?«

»Nein! Es ging von selbst sehr rapid. Er war eigentlich nur zwei Tage bettlägerig.«

»Er hat wohl schon ein großes Sündenkonto jetzt?« Botko lachte vergnügt.

»Oh ja, er macht so ziemlich alles.«

Beide lachten herzlich.

»Es sind tausend Mark Belohnung für seine Ergreifung ausgesetzt« – Gordon wurde ungewöhnlich fröhlich. »Natürlich sieht man ihn oft. Vor drei Tagen hat ihn ein Knecht in meinem Walde gesehen. Er schwört darauf, daß es Sobek war. Ha ha ha … Ich ließ ihn Anzeige erstatten …«

Wieder lachten sie. Aber plötzlich wurde Botko sehr ernst.

»Hast du keine Angst um dich? Glaubst du, daß man dir nicht auf die Spur kommen könnte?«

»Nein … nein, ich glaube nicht. Allen diesen Menschen hat irgend ein Verbrechen, um das ich weiß, den Mund geschlossen … Höchstens Okonek! Man kann diesen Knechten nie vertrauen; er ist ja intelligent, aber er könnte sich doch verraten, er schwatzt zu viel, er hat einmal Delirium gehabt.«

Sie schwiegen eine Weile.

»Und wie steht es mit Wronski?« fragte Botko und runzelte die Stirn. »Er könnte im Fieber alles ausplappern.«

»Glaubst du?«

»Er hat übrigens die Idee, sich in der Villa verbrennen zu lassen. Ich glaube nicht daran; das ist ein augenblicklicher, hysterischer Einfall.«

Gordon schwieg.

Botko schien plötzlich aufgeregt zu werden. Er ging unruhig auf und ab.

»Wie bist du sonst zufrieden?« fragte Gordon.

»All right! Aber laß mich jetzt, ich habe noch dieses und jenes zu überdenken. Wecke mich früh.«

Die Tat

I.

Der Bürgermeister war im höchsten Grade erregt. Er lief ratlos umher, warf die Papiere durcheinander, Schweiß rann ihm von der Stirn.

Gordon suchte ihn zu beruhigen.

»Aber Onkel, du mußt die Fassung nicht verlieren. Es ist ganz lächerlich, wie dich diese Bagatellen in Aufruhr versetzen.«

»Bagatellen! Bagatellen! Herrgott, bist du denn verrückt? Das nennst du Bagatelle? Bedenke doch, das ist die fünfte Proklamation in diesem Monat. Die fünfte! Eine schlimmer als die andre. Das ist etwas Unerhörtes bei uns!«

»Aber du mußt dich daran gewöhnen. In andern Provinzen nimmt man so etwas ganz ruhig hin. Du denkst gleich an Revolutionen, an Mord, an Teilung der Güter. Nun, lieber Onkel, so schlimm ist es nicht…«

Der Bürgermeister sah ihn zweifelnd an.

»Denkst du also wirklich, daß es keine Gefahr hat?«

»Gefahr?! Donnerwetter! Dann müßte man mindestens zwei Millionen von Sozialisten, Anarchisten, und wie sie alle heißen mögen, ins Gefängnis einstecken. Man tut es nicht. Die Regierung darf es nicht tun. Sie muß jede politische Partei als solche anerkennen, und jede politische Partei hat das freie Agitationsrecht. Allerdings mußt du mit möglichster Strenge vorgehen…«

»Ja! nicht wahr?«

»Selbstverständlich! Aber du mußt es auf eigene Faust tun. Hilfe von der Regierung anflehen hieße nur, sich ein Armutszeugnis ausstellen. Und gar nach Militär rufen, das würde dich nur deine Stellung kosten. So schlimm ist die Sache doch nicht. In Regierungskreisen würde man nur sagen, daß du nicht genügend orientiert bist. Denk nur! Militär! Das heißt, einen Belagerungszustand hervorrufen!«

Der Bürgermeister ging unschlüssig auf und ab.

»Ja, ja. Du hast Recht. Ich will auch gar nicht zu den äußersten Mitteln greifen. Aber ich werde ganz wirr. Schnittler kommt jeden Tag hergelaufen und verlangt Hilfe, weil seine Arbeiter sich auflehnen … Sieh nur! Wieder ein Brief von ihm.«

Gordon las neugierig den Brief.

»Ich finde den Brief ganz unverschämt. Damit hast du nichts zu tun! Wenn Schnittlers Arbeiter sich auflehnen und unzufrieden sind, so ist es nur seine eigene Schuld. Er ist ein Schwein. Er ist überhaupt kein Mensch. Jedes Mädchen, das ihm gefällt, nimmt er in sein Kontor und schändet sie. Jetzt ist es seine Sache, die Arbeiter dahin zu erziehen, daß sie seine Schweinereien als selbstverständlich hinnehmen. Du würdest dich nur kompromittieren und noch größere Erbitterung hervorrufen.«

Der Bürgermeister sperrte die Augen weit auf.

»So? So? Also so steht die Sache! Ich habe vieles davon gehört, aber ich wollte nicht daran glauben.«

Gordon wurde sehr erregt.

»*Ihn* solltest du einsperren. Er verpestet die ganze Stadt. Alles, was hier geschieht und dir Sorgen bereitet, ist nur auf Schnittlers zuchtlosen Einfluß zurückzuführen. Er allein ist daran schuld, daß grade diese unverschämte Agitation auf so guten Boden fällt.«

»Ja! Das ist ganz gewiß richtig. Ich werde ihm ordentlich auf die Nase geben. Es ist doch eine Unverschämtheit, mir einen drohenden Brief zu schreiben.«

»Wenn er es noch einmal wagt, werde ich ihm in deinem Namen antworten!«

Der Bürgermeister wurde ganz gerührt.

»Du hast die Hauptschreier aus seiner Fabrik einsperren lassen?« fragte Gordon nach einer Pause.

»Ja. War das vielleicht nicht gut?«

»Ja. Das find ich. Aber laß dich nur nicht zu weiteren Schritten hinreißen, welche die Situation noch verschlimmern und dich deine Stellung kosten könnten. Vermögen hast du nicht, und ich bin spätestens in einem Jahre bankrott.«

Der Bürgermeister lief unruhig auf und ab.

»Ja, ja, du hast Recht! Welch Glück, daß ich dich habe! Denk dir, ich wollte schon nach Berlin um ein paar tüchtige Beamte von der politischen Polizei schreiben...«

»Dann hättest du dich schön blamiert. Kennst du die Antwort? Kennst du sie? Nun, so höre: Wenn ein Bürgermeister von einer Stadt von zehntausend Einwohnern über ein paar politische Proklamationen so in Aufregung gerät, so kennt er durchaus nicht die politischen Verhältnisse unserer Zeit ... Das könnte eine böse Sache werden.«

»Ja, ja, nun versteh ich vollkommen. Ich kann jetzt gar nicht verstehen, daß ich in solche Aufregung kam; aber diese ewigen Briefe, diese anonymen Briefe...«

Gordon lachte.

»Herrgott, bist du naiv, Onkel! Das ist ja die gewöhnlichste und dümmste Taktik auf der Erde. Die Anarchisten nennen das: Angst einjagen. Weißt du, warum die Anarchisten Bomben werfen? Doch nur, um das Bürgertum in einer tödlichen Angst zu erhalten. Dieses Mittel mit den ängstigenden Briefen ist in Frankreich z. B. so abgebraucht, daß kein Mensch mehr darauf Rücksicht nimmt. Der Präsident von Frankreich bekommt täglich hunderte von solchen Briefen, und doch hindert ihn das nicht, ohne Begleitung auf der Straße herumzuspazieren...«

»Ja, ja, ich weiß...« Der Bürgermeister schien über seine Unwissenheit beschämt zu sein ... »Aber ich bin so schlaflos und nervös...«

»Zeig mir doch übrigens diese Briefe.« Gordon machte eine verächtliche Handbewegung.

Der Bürgermeister reichte ihm ein ganzes Paket von Briefen.

Gordon sah sie alle aufmerksam durch, plötzlich runzelte er bedenklich die Stirn.

»Sonderbar, sonderbar!« sagte er mit einem finsteren Ausdruck.

»Was ist sonderbar?« Der Bürgermeister wurde wieder sehr unruhig.

»Dieser Brief ... Weißt du, ganz denselben Brief bekam ich vor drei Monaten, als meine Scheune abbrannte.«

»Ja, ich erinnere mich.«

»Und jetzt will er die Landratur abbrennen.«

»Was? Was meinst du?«

Gordon saß nachdenklich und spielte mit dem Brief; plötzlich stand er auf, als hätte er einen guten Einfall bekommen.

»Was? Was meinst du?« Der Bürgermeister wollte vor Aufregung platzen.

Gordon schlug sich gegen die Stirn. Ein wenig affektiert, wie ihm selbst vorkam.

»Jetzt hab ich es. Donnerwetter, daß ich nicht früher darauf verfallen bin! Mein Förster, der im vorigen Jahre erschossen wurde, sprach auch von anonymen Briefen...«

»Aber was – was?«

»Verstehst du denn noch nicht, wer diese Briefe geschrieben hat?«

»Nein!«

»Natürlich der Wilddieb Sobek!«

»Aber ich habe gestern die Nachricht bekommen, daß er über die Grenze gegangen ist.«

»Dann ist er schlauer als wir alle. Er läßt uns glauben, daß er drüben ist, und vielleicht sitzt er hier in irgend einer Spelunke. Er hat meine Scheune abgebrannt aus Rache, daß ich ihn als Mörder angezeigt habe, und jetzt will er die Landratur abbrennen, weil der Landrat tausend Mark auf seine Ergreifung gesetzt hat.«

Der Bürgermeister stand mit offenem Munde da.

»Das stimmt. Aber warum annonciert sich der Kerl?«

»Das ist ja seine unerhört freche Bravour. Das tun sie übrigens alle. Ist wohl so ein alter Brauch von den Femgerichten her.«

»Ja, richtig, ja...« Wieder schämte sich der Bürgermeister über seine Unwissenheit.

Gordon stand nachdenklich am Tisch.

»Der Kerl hat Courage. Aber das ist der Mut der Verzweiflung. Diesmal soll er uns nicht entschlüpfen.«

Er stutzte plötzlich.

»Hör mal, Onkel. Wenn der Kerl schreibt, daß er die Landratur niederbrennen will, so ist natürlich die Abtei damit gemeint.«

»Warum?«

»Weil der Landrat dort wohnt und die Abtei hinter der Stadt liegt.«

»So ist es! Ja natürlich!« Der Bürgermeister rieb sich die Stirn vor Aufregung. »Das ist es natürlich! Mir wollte es nicht in den Kopf, daß ein Mensch es wagen könnte ...Die Landratur liegt doch mitten in der Stadt.«

»Er wollte dich natürlich irre führen, aber das gelingt ihm nicht.«

»Nein, nein! Ich werde die Abtei natürlich Tag und Nacht bewachen lassen.«

»Aber hast du Beamte genug? Du mußt die ganze Abtei möglichst dicht mit Posten besetzen, und zwar noch heute. Sobek zögert niemals.«

»Ja natürlich, sofort!«

»Aber hast du Beamte genug?«

»Ich nehme alle Menschen zu Hilfe. Drei Rathausbediente, sechs Polizeibeamte, das sind neun. Das genügt.«

»Ja, das genügt. Du mußt natürlich allen das strengste Schweigen zur Pflicht machen, es als eine Art tiefsten Amtsgeheimnisses darstellen, sonst wird die Stadt beunruhigt.«

»Natürlich, natürlich!«

»Jetzt ist es drei Uhr. Um sieben kannst du sie ausrücken lassen. Ich muß jetzt gehen...«

»Ja, du, Gordon, besuch mich doch heut Abend zu einer Whistpartie.«

Gordon bedachte sich.

»Ja, danke.«

»Aber komm etwas früher, so vielleicht um acht.«

»Ja.«

»Und vergiß nicht dein Kartenglück mitzubringen.«

»Nein, nein...«

Als Gordon auf den Korridor trat, sah er den alten Ostap mit vielen Aktenstücken unter dem Arm ankommen. Aber er war so in Gedanken vertieft, daß er Gordon gar nicht bemerkte.

Er scheint weiter nachzurechnen, dachte Gordon, empfand aber ein unangenehmes Gefühl dabei. Sein Herz schlug schneller.

Auf der Straße sah er sich um. Auf dem gegenüberliegenden Trottoir ging Botko langsam vor sich hin.

Der Teufel würde ihn jetzt in diesem Bart erkennen! Gordon lächelte zufrieden.

Sie wechselten flüchtig einen Blick. Gordon ging voran. Botko folgte ihm in weiter Entfernung.

Mitten in der Stadt war ein Park. Hier ging Gordon hinein. Es dunkelte. Der Park war menschenleer. Gordon ging ihn zu Ende und kehrte dann um. In der Mitte traf er Botko.

»Um elf Uhr kannst du mit der Fabrik beginnen«, flüsterte Gordon ihm zu. »Laß dich an möglichst vielen Stellen sehen. Geh vor allem zu Huth. Mach Käthe betrunken. Man kann ihr dann die unglaublichsten Suggestionen in den Kopf setzen.«

Sie trennten sich.

Kaum kam Gordon aus dem Park heraus, als er auf den jungen Priester stieß.

Er lachte innerlich.

»Ah! Der Herr Priester!«

»Guten Abend, Herr Gordon.«

Sie reichten sich die Hände.

»Haben Sie schon gehört, daß es in der Schnittlerschen Fabrik drunter und drüber geht?«

Gordon zuckte mit den Achseln.

»Daran ist Schnittler selbst schuld. Er behandelt die Arbeiter sehr schlecht und demoralisiert sie noch obendrein. Die Hälfte der unechten Kinder, die Sie taufen, sind seine. Man sollte den Menschen einsperren. Seine Fabrik ist zum Vulkan geworden, jeden Augenblick wird er tätig werden.«

Der Priester sah düster vor sich hin.

»Es ist Gottes Hand! Ich habe nie in meinem Leben eine solche moralische Fäulnis gesehen, wie grade hier.«

»Ja, leider...« Gordon schien sehr betrübt zu sein. – »Das Volk nimmt das schlechte Beispiel von oben. Es vergeht doch keine Woche ohne irgend einen Skandal in der Gesellschaft. A propos: Haben Sie die letzte Proklamation gelesen? Ich habe sie bei meinem Onkel gesehen. Empörend!«

»Der Antichrist selbst hat sie geschrieben. Nur der Antichrist kann im Namen des Heilands das Volk zu Gewalttätigkeiten aufreizen.«

»Ja, es steht schlimm«, sagte Gordon.

»Ich werde jetzt aber keine Rücksicht mehr nehmen!« Der Priester glühte fanatisch. »Ich werde die Pesthöhlen, in denen Satan seine Orgien feiert, öffentlich von der Kanzel brandmarken. Hier – rings herum: die goldne Jugend!«

Er schwieg, seine Aufregung erlaubte ihm nicht weiter zu sprechen.

»Wir werden uns wohl heute bei meinem Onkel sehen?« fragte Gordon.

»Ja, ich bekam soeben eine Einladung.«

»Dann auf Wiedersehen.«

Sie schüttelten sich herzlich die Hände.

Gordon wurde sehr ernst. Es fror, und ein unangenehmer Wind schnitt ihm ins Gesicht.

Welches Glück, daß der Schnee weg ist! dachte er.

Nun mußte er zu Wronski gehen.

Ein Gefühl von Angst und Mitleid füllte seine Seele. Aber er ließ es nicht aufkommen.

Wronski muß ja sowieso sterben. Es bleibt sich ja gleich.

Er ging quer über den Markt. Er fühlte sich einsam und verlassen.

Er dachte an Ostap. Warum haßte ihn der Mensch so entsetzlich?

Aber das Denken tat ihm weh. Ganz mechanisch sah er zu Helas Wohnung hinauf.

Es war finster.

Er lächelte traurig.

Als er in die kleine Gasse, die nach Wronskis Wohnung führte, hineinkam, fühlte er eine entsetzliche Beklemmung. Er war ganz wie gelähmt. Das Gefühl einer unsagbaren Traurigkeit sog sich ihm wie Gift in jeden Nerv.

Er ging hinauf und trat, ohne eine Antwort auf sein Klopfen abzuwarten, ein.

Wronski kam ihm entgegen. Sein Gesicht war wie verwandelt, seit Gordon ihn das letzte Mal gesehen hatte. Gordon war erstaunt. Er konnte sich nicht denken, wie ein Gesicht in ein paar Tagen eine solche Veränderung erleiden könne.

Im übrigen schien Wronski gefaßt.

»Nun Stefan?«

Gordon sah ihn forschend an.

»Ja?«

»Sind Sie bereit?«

»Ja.«

»Also heute!«

»Heute?«

Wronski wich unwillkürlich zurück und erzitterte.

»Heute?!« wiederholte er tonlos.

»Ja. Heute. Sind Sie nicht fähig dazu?« fragte Gordon und sah ihn lächelnd an.

Wronski faßte sich mühsam.

»Ja. Natürlich … Es kam nur so unerwartet … Ich – ich habe nicht geschlafen ein paar Nächte … ich bin sehr nervös …«

Er hustete.

»Heute also!« Gordon sprach abmachend und bestimmt – fast streng. »Um zehn Uhr müssen Sie sich einschließen lassen und dann warten, bis Sie das Läuten von Kirchenglocken hören.«

Wronski zitterte wie Espenlaub. Er konnte nicht stehen und wäre beinahe umgefallen, wenn Gordon ihn nicht gestützt hätte.

»Haben Sie Angst?« fragte ihn Gordon mit dem Ausdruck des höchsten Erstaunens.

Wronski antwortete nicht. Er hatte das Gesicht in seine Hände gegraben, aber seine Arme zitterten so heftig, daß das Gesicht hin- und herzufliegen schien.

Gordon wurde unruhig.

»Was fehlt Ihnen denn?« flüsterte er mit erregter Stimme.

Wronski flog auf, sah sich wirr um, starrte eine Weile Gordon an. Sein Mund bewegte sich heftig und verzerrte sich, aber er konnte kein Wort sagen.

»Ich kann nicht!« brachte er schließlich mühsam heraus.

Gordon zuckte auf. Es war ihm, als stürze sein ganzer Plan über ihm zusammen und begrabe ihn unter sich.

Er sah Wronski aufmerksam an.

»Nun, wenn Sie glauben, daß Sie nicht genug Mut dazu haben, so …«

»Sprechen Sie nicht weiter«, schrie Wronski plötzlich auf, »sprechen Sie nicht!«

»Erlauben Sie, die Sache ist zu ernst, mein lieber Wronski …«

Gordon hatte Mühe, ein starkes Zittern zu unterdrücken.

»Sehr ernst! Darauf ist ein ganzer Plan aufgebaut.«

Wronski lief wie im Fieber herum.

»Beruhigen Sie sich doch, regen Sie sich nicht so auf … Übrigens lassen wir es!«

Gordon schickte sich an, zu gehen.

Wronski sprang auf ihn zu.

»Ich werde es tun! Ich werde es tun! Sprechen Sie nur mit mir … Sprechen Sie … Es kam nur im Augenblicke, als Sie so unerwartet sagten: Heute! … Das war, als hätte ein Blitz in mich geschlagen. Jetzt komme ich zur Besinnung … Es ist etwas andres in mir, das dies Nein sagte …«

»Nein, Wronski, ich habe keine Zeit. Ich kann nicht riskieren, daß Sie im entscheidenden Momente Nein *tun*.«

Wronski schwieg. Er schien in eine dumpfe Raserei zu geraten. Schaum trat ihm auf den Mund.

Gordon sah ihn unruhig und verwundert an.

»Wenn ich – ich …« Wronskis Stimme bebte so, daß er ganz unverständlich stotterte – »wenn ich sage, daß ich es tun werde, so – – so werde ich es tun!«

Gordon setzte sich wieder.

»Hören Sie, Stefan, wenn Sie es nicht tun können« – Gordon sprach sehr mild, – »so werde ich es selbst tun … regen Sie sich nur nicht auf. Ich spreche vollkommen ruhig zu Ihnen. Ich werde es Ihnen durchaus nicht übel nehmen.«

»Genug davon! Ich tue es!«

Wronskis Augen funkelten.

»Haben Sie Tee, Wronski? Ich habe bis sieben, halbacht Zeit; ich möchte gern bei Ihnen sitzen und mit Ihnen sprechen.«

»Wollen Sie das?« Wronski atmete erleichtert auf. »Das ist gut, sehr gut«, sagte er. »Sehen Sie, ich bin ja wieder der Alte. Ich verstehe einfach diese plötzliche Schwäche nicht. Ich habe so lange nicht geschlafen, und Pola ist auch krank …«

»Ist Pola krank?«

»Ja, sie hat sich stark erkältet, aber es ist nichts Schlimmes … Mir geht es auch besser … He he … Natürlich, weil es friert. Ich lasse mich nicht dadurch düpieren. Sterben muß ich doch.«

Gordon sah ihn lange an.

»Hören Sie, Stefan, heute sind Sie es nicht allein, der arbeiten wird … Es wird etwas geschehen, wobei alle Glocken läuten werden … Draußen hinter der Stadt … Alle Menschen werden draußen sein … die ganze Stadt …«

Wronski horchte auf. Er wurde sonderbar erleichtert.

»Und ich schwöre Ihnen, daß auch nicht ein Schatten Verdacht auf Sie fallen wird … Übrigens werde ich auf Sie warten hinter der Brücke.«

Ein Gefühl von innigster Dankbarkeit durchströmte Wronski. Er ergriff Gordons Hände und preßte sie heftig in den seinen.

»Sie sind heute fieberfrei«, sagte Gordon. »Sie husten auch nicht mehr.«

»Nein, nein … Ich habe auch sehr viel Kreosot genommen … Fieber hab ich auch nicht. Nein, nein …« Wronski strahlte.

»Das wird eine Illumination geben. Ich wurde nur so mutlos. Ich habe vor ein paar Tagen eine Probe gemacht, die mir mißlang … Aber damals hatte ich starkes Fieber. Sie mißtrauen mir doch nicht?«

»Nein, Wronski, ich habe nur einen Augenblick gezweifelt; aber ich wußte, daß es Ihnen selbst nicht so recht zu Bewußtsein kam.«

Wronski kam förmlich in eine Verzückung. Seine Glieder bebten, als wären sie selbständige Organismen.

Gordon sah ihn beunruhigt an.

»Haben Sie etwas Cognac?«

»Ja, ja …«

Sie tranken mit vollen Gläsern.

Wronski beruhigte sich wieder.

»Ich habe alles so eingerichtet, daß Sie unmöglich gefaßt werden können«, sagte Gordon. »Es soll Ihnen nicht ein Härchen gekrümmt werden.«

»Gut, gut … aber erwarten Sie mich nur! ich muß Sie fühlen da draußen … Ich muß Sie fühlen; verstehen Sie?«

»Ja.«

Sie schwiegen eine Weile.

Wronski schien allmählich in eine Apathie zu versinken.

Wieder sah ihn Gordon unruhig an.

»Denken Sie noch an die Villa?« fragte er.

»Die Villa?«

Wronski sah ihn an, als wäre er aus einem Traum erwacht.

»Ja, die Villa.«

»Ach ja! Natürlich. Ich habe gestern alles vorbereitet. Alles ist geordnet. Mit meinem Vetter zusammen hab ich es vorbereitet. Licht, Licht soll es geben. Der alte Goethe würde seine Freude daran haben.«

Er schüttelte sich plötzlich wie im Fieberfrost.

»Was ist Ihnen?«

»Nein, nichts! Es ging vorüber.« Er raffte sich fast gewaltsam auf. »Sehen Sie, es ist heute besser mit mir, aber ich fühle ihn näher und näher kommen. Nie habe ich ihn so nah empfunden.«

»Wen?«

»Den Tod! Den Tod! Ich rieche meinen Kadaver, ich sehe mich in Fäulnis übergehen.«

Er schien in der Todesangst zu wachsen.

»Und heute die letzte Freude ... Ich vergesse manchmal auf ein paar Minuten, daß ich sterben soll, und dann bekomme ich Angst, daß mir dies oder jenes schaden könnte. Aber mir kann ja nichts mehr schaden ...«

Er sank auf den Stuhl zurück.

»Man ist nicht normal, wenn man weiß, daß man sterben muß«, sagte er mit einem leisen, kranken Lächeln.

»Kann ich Ihre Schwester sehen?«

»Nein, nein, sie schläft. Lassen Sie das arme Huhn ... ja Huhn ... Haben Sie schon ein krankes Huhn gesehen? Es ist entsetzlich! Das Herz kann einem daran bersten ... Und sie ist krank. Ihr Herz ist krank. Ich glaube, diese Hela Mizerska hat einen fürchterlichen Einfluß auf sie gehabt. Sie spricht nicht, sie ist plötzlich so abgemagert ...«

Wronski brach in ein krampfhaftes Schluchzen aus, aber nur einen Augenblick.

»Ich liebe sie«, sagte er und sah Gordon mit einem kindlichen, bebenden Lächeln an.

Gordon fühlte von neuem die endlose Einsamkeit und Traurigkeit über sich kommen, aber er raffte sich auf und trank das Glas leer.

»Haben Sie aber einen starken Cognac«, sagte er.

»Ja, nicht wahr? Mein Vetter beschafft ihn mir.«

Sie kamen plötzlich in eine sehr lustige Stimmung. Ganz unvermittelt.

»Mein Vetter ist nämlich für die Güterteilung.«

Sie lachten herzlich.

»Geschickt ist er wie eine Katze, er kann die Wände hinaufklettern.«

Wieder lachten sie über den prachtvollen Witz.

»Er klebt die Flugblätter an die öffentlichen Gebäude an« – Wronski strahlte vor Freude ... »Gestern wäre er beinah gefaßt worden. Er läuft, was er kann. Ein behender Polizist dicht hinter ihm. Da plötzlich duckt mein Vetter sich tief zur Erde, der Polizist fliegt über ihn weg und fällt lang hin aufs Trottoir, als wäre er aus einer Kanone geschossen.«

Sie lachten so, daß Wronski kaum weitersprechen konnte.

»Die ganze Haut vom Gesicht hat er sich an den Steinen abgeschunden.«

»Hat man ihn nicht erkannt?«

»Man weiß kaum, daß er existiert. Er führt ein Leben im Schatten. Ich erwarte ihn übrigens, er soll mir den letzten Bescheid bringen.«

»Ist es wirklich nicht möglich, Pola jetzt zu sehen?« fragte Gordon ganz unvermittelt.

»Nein, nein ... nicht jetzt ... sie schläft.«

Plötzlich öffnete sich leise die Tür, ein Knabe von sieben Jahren trat herein, stellte sich an den Ofen und sah verlegen beide an.

»Was ist denn *das?*« fragte Gordon.

Wronski wurde verlegen.

»Ich habe ihn vor ein paar Monaten aufgefunden ... Seine Mutter starb, und der Vater ließ ihn betteln gehen ...«

Gordon dachte an den Kanarienvogel. Er wurde unruhig. Er wußte selbst nicht, warum. Sollte Ostap wirklich Recht haben?

Er stand auf.

»Nun auf Wiedersehen, Stefan ... nach der Tat ...«

Er lächelte, nahm ein Goldstück aus der Tasche und gab es dem Knaben.

»Sie lieben Kinder?« fragte Wronski.

»Ja. Sehr. Ich möchte gerne Kinder haben ... Grüßen Sie Pola von mir ... Und ...« er flüsterte leise – »vergessen Sie nur nicht, daß Sie auf das Läuten der Kirchenglocken warten müssen ...«

»Nein! nein!«

III

Kaum war aber Gordon zur Tür hinaus, als Wronski aufs neue von einer fürchterlichen Unruhe befallen wurde.

Er versuchte sich zu zerstreuen, spielte und sprach mit dem Knaben, aber es half nichts.

Schließlich begann ihn die Anwesenheit des Knaben zu quälen. Er mußte allein sein, er mußte mit sich selber sprechen. Er schickte den Knaben weg.

Er legte sich auf das Bett.

Er hatte doch Angst, in Fieberträume zu fallen, und stellte die Weckuhr auf neun Uhr ein.

Wenn sie mich nur aus dem Tode aufwecken könnte, dachte er und lächelte. Dann dachte er, was das eine Illumination geben werde! Schade, daß heute nicht sein Geburtstag war. Schade! Aber gut, daß Gordon da stehen würde: wenn er ihn um sich fühlte, werde alles gut sein ... Er sah sich, wie er vorsichtig auf Gordon zuschlich, er sah Gordon bewundernden Blickes zu ihm hinsehen: sein Herz weitete sich.

Aber von neuem fing das Zittern an. Er war ganz verwundert.

Woher nur das verfluchte Zittern? Ich habe doch an etwas ganz anderes gedacht ... Nun! Nur still liegen, dann geht es vorüber ...

Aber es ging nicht vorüber, es wurde nur noch schlimmer.

Das war doch keine Angst! Nicht im geringsten. Gestern noch zitterte er vor Freude, als er an die prachtvolle Illumination dachte ... Er mußte nur seinen Haß wiederfinden!

Er ging genau sein ganzes Leben durch, ein Jahr nach dem andern, ein Jahr voll Armut, Hunger und Entbehrungen nach dem andern; er dachte an die zahllosen Demütigungen, denen er sich aussetzen mußte, als er um den Lebensunterhalt für sich und Pola betteln mußte. Er dachte an den grenzenlosen Jammer und Ekel rings um sich herum, er wurde rasend, aber den Haß von gestern konnte er nicht wiederfinden.

Nun! Dann werd ich mich lehren, ihn bekommen! sagte er rasend. Ich werde mir schon den nötigen Haß beibringen!

Er spie aus – über sich selbst.

Diese Schweinerei! Er war gedemütigt worden, geprügelt mit Worten und Blicken, und jetzt empfand er nicht einmal Haß! Dieser empfindungslose Lump, der er war! He he he ... Wozu nur dieses lächerliche Geschwätz? Wozu brauchte er sich überhaupt vorzubereiten; er werde, er müsse es einfach tun!

Seine Wut gegen sich selbst war so groß, daß er sich nur mit Mühe abhalten konnte, sich ins Gesicht zu schlagen.

Wie er nur dasaß! So zertrümmert und so gebrochen. Und vorhin dies lallende und schluchzende: ich kann nicht!

Er durfte gar nicht weiter daran denken. Übrigens lenkte der Husten seine Aufmerksamkeit ab.

Jetzt aber auch nicht ein Wort mehr!

Er schrie es in sich hinein.

Es war übrigens zu spät zum Nachdenken. Er grinste boshaft über sich selbst. Zu spät. Er wußte nicht, warum es zu spät war, dafür gab es keine Gründe. Jetzt mußte er es einfach tun, und wenn das Herz ihm aus dem Leibe springen wollte ...

Er stand auf, trank und legte sich nieder.

Plötzlich empfand er keine Angst mehr. Er wurde glücklich, daß er nicht weiter an seine Tat zu denken brauchte. Der Entschluß stand fest. Also wozu noch weiter denken?

Aber sonderbar, daß man vierzehn Tage lang fest entschlossen war, etwas zu tun, und dann plötzlich im letzten Augenblick zu schwanken begann ...

Das war die feige Hundenatur, die in ihm die Armut und die Demütigungen erzeugt hatten ... Die Demütigungen, die er Polas wegen hinnehmen mußte. Sollte er Pola verhungern lassen?

Die große Hauptsache ist, sagte er sich, daß man einen Entschluß faßt, daß dieser Entschluß so mächtig wird, daß er einen in die Luft hochheben kann ... Er dachte an den Zauberer Simon Magus, der auch in der Luft schweben konnte. Warum denn nicht?

Ich fühle mich doch deutlich als zwei Menschen, zwei scharf getrennte, von einander himmelweit verschiedene Menschen. Warum sollte nicht der Mensch, der den Entschluß gefaßt hatte, den andern, der vor Angst zittert, tragen können? Der eine von den beiden Menschen ist natürlich Gordons Wille, Gordons Befehl: aber das bleibt ja gleichgültig.

Er lag auf dem Bett. Hin und wieder schrak er auf. Es kam ihm vor, als staute sich das Blut von Zeit zu Zeit in seinen Adern, um erst nach einer Pause den weiteren Weg zu finden. Aber das beunruhigte ihn nicht sonderlich, er war ja daran gewöhnt.

Er hörte die Uhr ticken, ärgerte sich, weil ihm die Schläge nicht ganz regelmäßig vorkamen, strengte sich an, genau zu konstatieren, daß es nicht der Fall war, und fiel wieder in den apathischen Zustand.

Plötzlich bekam er eine besondere Idee.

Wie, wenn er nicht imstande wäre, sich zu erheben? nicht imstande wäre, aus dem Zimmer zu gehen, geschweige sich über die Straßen bis zum Rathaus zu schleichen? ...

Es kam ihm vor, daß er es tatsächlich nicht imstande war. Er rang verzweifelt mit sich selbst. Seine Glieder waren gelähmt. Er fühlte die Beine wie erstorben. Er vermochte die Hand nicht hochzuheben. Die Stubendecke senkte sich allmählich auf ihn herab, sie wurde wie eine fließende Metallmasse, die hin und herwogte, sich zu einer Riesenkugel formte, sich plötzlich hochwarf wie zu einem Anlauf, um mit größter Macht sich auf ihn niederzustürzen und ihn zu zermalmen.

O, Blödsinn! schrie er auf. Das ist ja nur das Fieber.

Er lächelte verächtlich.

Aber er durfte nicht liegen. Er mußte aufstehen und Pola wecken ... Aber wer hatte ihm denn gesagt, daß sie schlief? Woher hatte er nur die fixe Idee bekommen, daß sie schlief? Natürlich schliefe sie nicht ...

Aber er blieb liegen, er hatte im selben Moment vergessen, daß er zu ihr gehen wollte.

Er drehte sich nach der Wand um, die Wand war naß.

Aha! die Pilze, die Pilze!

Er betrachtete aufmerksam die andre Wand.

Nun ist ein Viertel der Wand schimmlig. In einem Monat werden die Pilze über den Tapetenstreifen da kriechen, einen Monat später kommen sie bis zu dem Blumenmuster ...

Er richtete sich erschrocken auf.

»Ah, du bist es, Franz.«

Franz machte vorsichtig die Tür zu.

»Es kommt doch niemand hierher?«

»Nein!«

Franz kam dicht an Wronski heran und flüsterte:

»Alles ist in schönster Ordnung. Du mußt durch die Tür des Wintergartens hineingehen. Der Gärtner ist mit dem Kutscher auf einer Hochzeit. Es ist nur Ulicha da. Zurück kannst du durch die Verandatür. Ich werde auf dich warten und dir alles ganz genau zeigen.«

»Gut, gut!« Wronski sagte es ganz apathisch.

»Willst du es wirklich tun?« flüsterte Franz mißtrauisch.

Wronski wurde rasend, sah Franz wütend an, sagte aber kein Wort.

»Nein ... sei doch nicht so wütend – ich meinte ja nur ... Übrigens ists ja nur ein Kinderspiel.«

»Wie geht es mit den Flugblättern?«

Franz schnalzte mit der Zunge und lächelte.

»Jetzt werd ich sie an die Kirchtürme ankleben ... Hast du etwas zu trinken?«

»Da!«

Wronski sah ihn nach einer Weile gereizt an.

»Es ist doch unglaublich, wie so ein grüner Bengel saufen kann!«

Franz wurde beleidigt.

»Bin neugierig, was du ohne den grünen Bengel anfangen würdest. Du kannst dich ja kaum schleppen! Aber gib mir eine Decke oder so etwas ähnliches, ich friere ... Als es Schnee gab, schneite es hinein, die Dielen wurden ganz naß und sind jetzt zugefroren. Man könnte Schlittschuh laufen ...«

»Lüg doch nicht so unverschämt!«

»Du bist heute so frech, Stefan. Hast wohl wieder einen Rappel im Kopf ... Nun, nichts für ungut. Wir kennen uns ja ... Aber wenn du es nicht tun kannst, so werde ich es selbst tun. Ich werde bis ein Uhr auf dich warten. Dann tue ich es selbst. Auf Wiedersehn!«

»Geh zum Teufel!« schrie ihm Wronski nach.

Er blieb nachdenklich im Zimmer stehen. Wie lange er so stand, wußte er nicht. Er konnte sich auch nicht entsinnen, daß er an etwas gedacht hatte.

Er sah sich um, ging in die Küche und lauschte, öffnete dann vorsichtig die Tür und trat ein. Pola schlief nicht.

Sie saß im Bett und starrte auf Stefan.

»Wie ist dir, Pola?«

»Oh, besser, besser ... Ich möchte nur Ruhe haben ... Laß mich in Ruhe, Stefan.«

Sie sah ihn flehend an.

»Ja, ja ... Aber du, ich muß weggehen ... Beunruhige dich nicht ... Ich werde in einer oder zwei Stunden zurück sein.«

»Du willst jetzt weggehen? In der Nacht?«

»Nein, nein ... es ist nur über die Straße. Ein Kamerad ist gekommen und schickte nach mir. Es ist nur in dem Hotel am Markt ...«

Er setzte sich mechanisch hin und starrte sie fiebrig an.

»Was ist dir, Pola? Warum bist du so traurig?«

Sie antwortete nicht.

»Willst du, kannst du mirs nicht sagen?«

»Frag nicht! Frag nicht!«

»Ist es Gordon?« fragte er fast atemlos und stand auf.

Sie sah ihn erschrocken an.

»Ist es Gordon?« fragte er zitternd.

»Was, was meinst du?« Sie sah ihn mit wachsender Angst an.

»Verstehst du mich nicht?«

»Nein!«

Er setzte sich wieder hin, nahm ihre Hände in die seinen, streichelte sie liebkosend, dann stand er auf ohne ein Wort zu sagen und ging.

Auf der Treppe betastete er ganz mechanisch seine Taschen.

Herrgott, ich habe ja keine Streichhölzer!

Er kehrte um und blieb wieder lange mitten im Zimmer stehen.

Er erschrak.

Wenn es so weiter geht, werde ich eingesperrt, bevor ich zum Rathaus komme, dachte er verzweifelt. Ich muß jetzt alle meine Kräfte anspannen, ich muß über mich wachen.

Er wurde sehr tätig, suchte unnützerweise sehr lange nach den Streichhölzern, wobei es ihm vorkam, daß er glücklich ein paar Hindernisse überwunden habe, steckte sie ein, überzeugte sich mit peinlichster Sorgfalt, daß er keine Löcher in den Taschen hatte, wollte dann die Lampe auslöschen, besann sich aber sehr lange, obgleich er nicht wußte, warum er sie nicht auslöschen sollte, und ging.

Erst viel später dachte er quälend darüber nach, daß er vergessen hatte, die Tür zuzuschließen.

»Mein Gott, mein Gott, wie siehst du denn aus?«

Hela richtete sich auf, mußte sich aber wieder hinlegen. Sie schien sehr krank zu sein.

Ostap wollte lächeln, aber das Lächeln erfror ihm auf den Lippen, sein Gesicht verzog sich zu einer schmerzlichen Grimasse.

»Wie zerstört du bist!« stöhnte sie auf. »Wie siehst du denn aus?«

»Hela, ich bin dir dankbar. Ich glaubte, du würdest mich garnicht empfangen wollen, und du hast sogar Mitleid mit mir.«

Sie antwortete nicht. Es entstand ein langes Schweigen.

Ostap kaute nervös an der Zigarette. Dann sah er sie mit einem Male sehr ruhig an.

»Erinnerst du dich, Hela?« Er sprach heiser und sehr leise. »Erinnerst du dich an die Zeit, bevor dir dieser Beelzebub, dieser Gordon, seine Visite machte? Du liebtest mich nicht, aber du fühltest dich wohl in meiner Nähe. Du suchtest Schutz bei mir und ich gab ihn dir. Du warst auch stolz: du fühltest, daß du mich vor dem Abgrund errettetest, und das machte dich selbst stark und weniger verzweifelt. Erinnerst du dich daran?«

Sie faßte ihren Kopf mit beiden Händen.

»Sprich nicht davon! Sprich nicht. Ich möchte dir mein ganzes Herz hingeben, wenn dir das etwas helfen könnte; aber der Mensch hat mich zerstört, er hat meine Seele aufgerissen. Ich verblute, ich verblute! Ich kann an nichts anderes denken, ich habe kein anderes Gefühl, ich – ich ...«

Sie brach in Schluchzen aus.

Nie hatte Ostap sie früher weinen gehört.

»Warum kamst du zu mir, Ostap, warum? Warum grade zu mir?«

Sie sah ihn schluchzend an.

Er antwortete nicht. Mit größter Deutlichkeit sah er die Zerstörung in ihrem Gesichte. Die Augen waren tief eingefallen, sie war erschreckend mager geworden ... Er hatte alles vergessen, er studierte förmlich dies verfallene Gesicht ... Was doch der Schmerz für eine Zerstörung in dem erbärmlichen Menschengesicht anrichten kann!

»Warum kamst du zu mir?« wiederholte sie und faßte ihn an den Händen.

Er dachte nach. Aber er war nicht imstande, seine Gedanken zu sammeln.

Sie rüttelte an ihm.

»Was ist dir, Ostap? Herrgott, was fehlt dir?«

Er sah sie verzweifelt an. Und wieder begann er leise zu sprechen.

»Ich habe dort unten in dem Bordell die fixe Idee bekommen, daß du mich am Ende doch retten könntest. Ich glaubte, nein ich dachte darüber nach, daß wir beide doch die Unglücklichsten sind, daß wir beide ...«

Er schwieg plötzlich.

»Aber das geht nicht«, sagte er nach einer Weile ...»Jetzt seh ich ein, daß es nicht geht ...«

Ihr Mund zuckte, sie öffnete die Lippen, als wollte sie etwas sagen, aber sie vermochte es nicht.

Von neuem fing sie an zu schluchzen, und es dauerte lange, bis sie sich beruhigte.

»Und was nun?« fragte sie plötzlich.

»Was nun?« wiederholte er nachdenklich und lächelte mit einem schiefen Lächeln.

»Du, Ostap!« Sie stand auf und faßte ihn an den Schultern ...»Steh auf ...Du wirst doch nicht ...«

Er stützte den Kopf in beide Hände.

Sie rüttelte an ihm.

»Ostap!!«

Er sah zu ihr auf und lächelte.

»Ich liebe dich, Hela. Ich habe dich nie so geliebt wie jetzt. Ich habe alles vergessen. Ich denke an nichts. Ich sehe dich nur in der heiligen Größe des Schmerzes und der Verzweiflung.

Ich habe dich in mir, ich trage dich in meinem Herzen, losgelöst von allen deinen Verhältnissen, aber ich habe jetzt, *jetzt* plötzlich verstanden, daß ich mich irrte, wenn ich glaubte, daß wir bei einander Ruhe finden würden.«

»Nein! Nein! Nicht wir … nicht wir!«

»Oh – ich weiß nicht, wessen Verzweiflung größer ist, deine oder meine?«

Er stand auf, kniete neben sie nieder, nahm ihre Hände und küßte sie lange und inbrünstig.

»Im Namen meines großen Verbrechens spreche ich dich von aller Schuld los!« sagte er plötzlich fast irrsinnig und feierlich.

Aber im Nu schien er zur Besinnung zu kommen, er stand hastig auf, und ohne sie anzusehen, ging er aus dem Zimmer.

Sie war ganz betäubt.

»Ostap! Ostap!« schrie sie nach einer Weile und stürzte ihm nach.

Aber er war schon auf der Straße.

Als er nach Hause kam, fing er in fiebernder Erregung an auf- und abzugehen.

In seiner Seele war es finster. Eine fressende Verzweiflung brachte ihn dem Wahnsinn nahe. Sein Herz schlug gewaltsam und sehr unregelmäßig.

Durch die verfluchten Ausschweifungen hab ich mir das Herz zerstört!

Er lachte boshaft und legte sich aufs Sofa.

Ein wenig Alkohol wird die Geschichte gleich in Ordnung bringen.

Er trank aus der Flasche. Er konnte nicht verstehen, warum er kein Glas gebrauchen konnte. Er mußte merkwürdigerweise jetzt immer aus der Flasche trinken.

Das gehört mit zur Psychologie der Satanskinder. Er lächelte verächtlich.

Der Alkohol hatte ihn schläfrig gemacht. Nein! Durchaus nicht der Alkohol, nur die Orgien, die Orgien, Freund Horatio! Zwei schlaflose Nächte in Käthes perverser Umarmung! Huh, wie ich müde bin … Die Knochen ganz wie zerschlagen! Nun, verehrter Herr Ostap *posthumus*, laß mich jetzt in Ruhe. Der brave Herr Papa will schlafen …

Aber er konnte nicht schlafen. Durchaus nicht.

Das ist ja weiter nicht schlimm. Die Alkoholiker fallen plötzlich, mit einem Mal in Schlaf, ganz wie ein Alexander der Große, ein Byron, ein Gordon …

Er kicherte boshaft.

Ob Karl der Zwölfte ein Alkoholiker war?

Ha ha ha – und der mystische Sobek, der ideelle Sobek, den seit einem Jahre die Erde frißt! Ha ha ha … Alle Achtung, du König von Syon! Der Sobek ist gut … Geld wird es geben. Dafür kann man zehn Städte einäschern. Bravo, Gordon! Meinen Leib und meine Seele hab ich dir verschrieben, ich diene dir mit Freuden, mit Freuden, he he he …

Er sah sich plötzlich bei Käthe im Huthschen Lokal … Käthe! Das war das prachtvollste Mensch, das er je gesehen …

»Komm herunter, Madonna Theresa …«

Ha ha ha! sie übertraf sich selbst in Obszönitäten … Eine Philosophie über die obszöne Unschuld zu schreiben, das wäre was …

Ostap lächelte irr, erhob sich schwerfällig, blieb eine Weile sitzen, starrte lange stumpf vor sich hin, aber mit einem Mal fiel er in einen schweren, traumlosen Schlaf.

Plötzlich wachte er auf, zündete ein Streichholz an: er hatte über eine Stunde geschlafen. Er legte sich wieder hin. Er war entsetzlich müde. Sein Kopf tat ihm weh. Es kam ihm vor, ja, er hatte ein ganz distinktes Gefühl davon, daß die Hälfte seines Gehirnes sich in eine jauchige Masse aufgelöst habe.

Diese Idee schien ihm ganz besonders geistreich zu sein.

Wieder verfiel er in ein dumpfes Brüten. Nur hin und wieder war es ihm, als ob sich langsam ein Gedanke durch sein Gehirn schleiche … ganz wie ein geborstener Ballon sich ein Stück auf der Erde schleppt, um dann wieder auf einer Stelle hin- und herzuschwanken.

Es verging eine Weile.

Plötzlich ging er eine alte Treppe hinauf. Die Treppe kam ihm so sonderbar bekannt vor. Er las die Namen der Schilder, die an den Türen angeschlagen waren, und auch die Namen schienen ihm bekannt zu sein. Er mußte sie schon früher gelesen haben …

In seinem Herzen war eine grenzenlose Verzweiflung; er verstand nicht, warum er so verzweifelt war, er fühlte nur den Schmerz und den Haß breiter und mächtiger anschwellen. Er wurde verwirrt. Er blieb stehen, er wußte nicht, wo er war … Da mit einem Ruck: er war natürlich zu Hause!

Er erschrak. Was sollte er zu Hause? Aber es war ihm, als würde er durch eine fremde Macht hinaufgepeitscht. Der Ausgang schien versperrt zu sein. Einen Schritt hinter ihm schien eine endlose Mauer aufzusteigen, eine Mauer, die in den Himmel hineinwuchs.

Er mußte höher hinauf, und die Mauer schien ihm Schritt für Schritt zu folgen.

Er war auf einem himmelhohen Turm. Unten gähnte der Abgrund. Hinunter konnte er nicht. Es wurde ihm auch plötzlich bewußt, daß der Turm keine Treppe hatte; er war jäh hinaufgeschossen, und nun war er im obersten Zimmer, einem kahlen, leeren Dachzimmer. Der Himmel brannte auf die Bleiplatten des Daches, daß man nicht atmen konnte, dann wurde es wieder kalt; er fror, er zitterte wie Espenlaub, die Zähne schlugen ihm vor Kälte aneinander.

Mit einem Mal hörte er das Geschrei eines Kindes ... Er trug es in den Armen. Das Kind schrie, daß er glaubte, die Lungen müßten ihm platzen. Das Geschrei kreilte ihm schmerzhaft in den Ohren; er litt unter dem Geschrei, wie er in seinem Leben nicht gelitten hatte ...

Er wollte weglaufen, er konnte nicht; er hatte auch das Gefühl, daß er von dem Kinde nie wegkommen könne, nie, nie ... Das Geschrei wurde noch geller, noch schneidender, das Kind wurde schwerer und schwerer, er konnte es kaum mehr halten ...

Da schoß ihm ein Gedanke durch den Kopf: Töte es! Töte es!

Er sah sich um nach etwas, womit er es töten könnte: nichts war da. Er raste gegen das Kind, er packte es in tierischer Wut, riß ihm das Hemdchen entzwei, die Kälte schien in einem Nu den kleinen Körper starr zu machen.

Ein wilder Triumph brauste durch seine Nerven: er faßte einen Krug eiskalten Wassers und goß es über das Kind.

Das Kind hörte auf zu schreien. Es entstand ein brennendes, höllisches Schweigen, und in dieses Schweigen hinein glühten zwei sterbende Kinderaugen, er sah ein krampfverzerrtes Lächeln.

Auf einmal sprang das Kind hoch ... Nein, kein Kind ... eine wilde Katze war es. Sie sprang auf ihn zu, packte ihn mit den Tatzen an der Kehle ... Er riß sie weg; er fühlte, daß er Stücke eigenen Fleisches mit weggerissen hatte, er faßte die Katze mit den Händen, warf sie auf den Boden, trat sie mit den Füßen, aber das tolle Tier biß, kratzte, zerfleischte ihn ...

Mit einem Mal bekam er eine eiserne Stange zu fassen, er schlug auf das Tier mit verzweifelter Kraft. Die Katze schrie und stöhnte wie ein Kind ... Er schlug wie rasend zu, er sah nichts, er hörte nichts, er fühlte nur, daß die Katze weiterlebte, daß er sie nie los werden könne; schon sprang sie von neuem auf ihn zu, biß sich in sein Gesicht fest..

Er wachte auf. Seine Zähne schlugen heftig aneinander. Er hörte lange, gurgelnde Töne, er konnte sein Gesicht nicht bemeistern: jeder Muskel, jeder Nerv flog unter fürchterlichen Schmerzen.

Als er zu sich kam, saß er in eine Ecke gekauert dicht am Ofen.

Er sprang in wildester Verzweiflung auf.

Aha! Jetzt kommt der Wahnsinn! Aha! Aha!

Er wollte die Lampe anzünden, aber seine Hände zitterten so, daß die Lampenglocke seinen Händen entfiel und in tausend Scherben zersprang.

Aha! jetzt kommt es! jetzt kommt es! wiederholte er unablässig.

Endlich gelang es ihm, die Lampe anzuzünden.

Er setzte sich hin und saß in blödem, starrem Brüten.

Plötzlich hatte ihn jemand angestoßen.

Er sah langsam auf.

»Kennen Sie mich nicht?«

»Ah, Sie sind es, Hartmann? Hab ich geschlafen?«

»Das wohl nicht. Aber es war wohl eine Art von Lethargie«, sagte Hartmann sehr ruhig. »Ich habe es einmal bei einem Freunde in London gesehen. Er saß auf diese Weise über zwanzig Stunden.«

»So? So? Was hat das wohl zu bedeuten?« fragte Ostap zerstreut. »Was glauben Sie?«

»Was es bei Ihnen zu bedeuten hat, weiß ich nicht ... Mein Freund hat sich zwei Tage später erhängt.«

»Erhängt?!«

»Ja. Er behauptete immer, daß es die leichteste Todesart wäre, weil sie mit angenehmen Empfindungen verknüpft sein soll. Sie wissen, eine sexuelle Erregung im letzten Moment. Ich glaube es übrigens nicht.«

Hartmann sah auf die Uhr. Ostap dachte tief nach.

»Wir haben noch ein wenig Zeit. Man kann doch von Ihrem Fenster aus die Fabrik sehen?«

»Fabrik?«

»Ja.«

»Soll sie niedergebrannt werden?« Ostap lächelte boshaft. »Also hat er doch meinen Rat befolgt? He he he ...«

»Wenn es anfängt, dann müssen wir an die Arbeit«, sagte Hartmann sehr ernst.

»Aha!«

Lange Pause.

»Ihr Vater ist bereits abgereist?«

»Ich denke; ich habe ihn nicht gesehen.«

Wieder langes Schweigen.

»Ihre Schlüsselmodelle waren ganz ausgezeichnet« – Hartmann sah Ostap aufmerksam an ... »Sie haben wohl schon früher damit zu tun gehabt?«

»Ja!« Ostap warf es sonderbar zerstreut hin. Sie schwiegen lange.

»Wollen Sie sich nicht überzeugen, ob nicht doch am Ende jemand im Rathaus zurückgeblieben ist?«

Ostap stand mechanisch auf.

»Machen Sie unterdessen Tee! Dort steht Whisky ...«

Er wollte Licht anzünden.

Hartmann sah ihn erschrocken an.

»Was machen Sie denn? Wollen Sie sich verraten?«

Ostap starrte verständnislos.

»Ja richtig, ja ... Ich bin so zerstreut...«

Er ging hinaus.

VI

»Drei Züge!« sagte Gordon und gab neue Karten.

»Denkt euch nur, meine Herren, daß die Rechnungslisten, die der alte Ostap an den Präsidenten eingeschickt hat, gefälscht sein sollen!«

Der Bürgermeister flüsterte und sah sich um.

»Es ist natürlich ein Amtsgeheimnis. Er mußte sofort auf den Weg zum Präsidenten. Ein Detektiv holte ihn ab.«

»Ist er schon abgereist?« fragte Gordon zerstreut.

»Ja natürlich! Der Alte war ganz verzweifelt. Ich verstehe es nicht, es muß ein Mißverständnis sein. Ostap ist sonst unser zuverlässigster Beamter.«

Die Herren nahmen die Karten auf.

»Aber heutzutage kann man sich auf niemanden verlassen«, seufzte der Bürgermeister auf und spielte aus.

Die Herren spielten in tiefster Stille.

Plötzlich drang ein wüstes Geschrei ins Zimmer: »Feuer! Feuer!«

Ein Mensch stürzte atemlos herein.

»Herr Bürgermeister … die Fabrik brennt … die Fabrik …«

Auf der Straße herrschte eine unbeschreibliche Verwirrung. Die freiwilligen Feuerwehrleute liefen ratlos hin und her …

»Das Wasser ist zugefroren!« schrie einer den Bürgermeister an, als ob er ihm daraus einen Vorwurf machen wollte.

Der Bürgermeister stand totenblaß auf der Straße ohne Hut; er verlor gänzlich den Kopf.

»Du, Onkel, hier … nimm meine Pferde und fahre direkt nach der Fabrik … Ich werde …«

Gordon lief nach dem Stadtspeicher, wo die Löschzeuge aufbewahrt waren.

Hier staute sich eine große Menge von Menschen. Einer stand dem andern im Wege. Die eigentlichen Feuerwehrleute konnten sich kaum durchzwängen.

Gordon entwickelte eine erstaunliche Energie.

Es gelang ihm, Ordnung zu schaffen, er erteilte die Befehle, Pferde wurden im Nu herbeigeschafft, und in wenigen Minuten raste die Feuerwehr der Fabrik zu.

Eine unabsehbare Menschenmasse umlagerte die Brandstätte. Die Fabrik stand ganz in Flammen. Sie brannte an allen Ecken und Enden. Immer neue Flammensäulen brachen an den verschiedensten Stellen empor. An eine Beschränkung des Feuers war nicht zu denken. Das bißchen Wasser, das mehr herbeigeschafft wurde, war schon im nächsten Augenblick verbraucht …

»Wasser! Wasser!« schrie die aufgeregte Menge.

Die Verwirrung wuchs von Minute zu Minute. Alle liefen hin und her, schrien, befahlen, schimpften auf einander. Vergebens suchte sich Gordon Geltung zu verschaffen. Kein Mensch hörte mehr auf ihn.

Endlich gelang es, größere Mengen Wasser zu beschaffen, aber es war nichts mehr zu retten. Die ungeheure Fabrikanlage stand ganz und gar in Flammen. Das Feuer war offenbar an vielen Stellen zugleich angelegt.

Neben der eigentlichen Fabrik standen große Holzschuppen, und weiter abwärts lag eine Spiritusbrennerei. Die Holzschuppen waren schon von dem Feuer ergriffen und fast im Nu niedergebrannt. Man mußte die Fabrik ihrem Schicksal überlassen und richtete alle Anstrengungen auf die Brennerei, um sie vom Feuer zu isolieren.

Die Glut war so entsetzlich, daß es unmöglich war, einigermaßen nahe zu kommen; überdies hatte sich herausgestellt, daß die hauptsächlichsten Löschwerkzeuge so gut wie unbrauchbar waren. Die Schläuche waren offenbar angeschnitten oder mit irgend einer ätzenden Flüssigkeit begossen, denn sie platzten einer nach dem andern, und die kleinen Feuerspritzen, die aus verschiedenen benachbarten Ortschaften ankamen, konnten fast nichts ausrichten.

Unter den Arbeitern lief Schnittler verzweifelt herum. Er rang die Hände und flehte die Leute zu retten, versprach ihnen goldne Berge, aber die Menge sah ihn stumpf und gleichgültig an: es war ja nichts mehr zu retten. Was sollte denn gerettet werden?

Plötzlich verbreitete sich unter den Arbeitern das Gerücht, Schnittler selber habe die Fabrik in Brand gesteckt, um die enorme Feuerversicherungssumme einzustecken.

Wie das Gerücht entstanden war, wußte keiner. Offenbar war schon früher ausgestreut, daß Schnittler sich mit dieser Absicht trage, denn das Gerücht wurde jetzt plötzlich zur Sicherheit. Zuerst hatte man sich nur die Vermutung zugeflüstert; jetzt war kein Zweifel mehr darüber.

Die Arbeitermenge kam in Raserei.

»Der Hund will sich mit seinen Weibsen nach Amerika drücken«, schrie ein starker, verwilderter Arbeiter. »Jetzt können wir hier vor Hunger krepieren.«

»Wo werden wir jetzt Arbeit finden?« brüllte ein anderer. »Jetzt, mitten im Winter?«

Und diese Frage wurde wie ein Kriegsgeschrei aufgenommen: die Weiber fingen an zu heulen, die Männer fluchten und drohten mit geballten Fäusten.

Schnittler kam wieder herangelaufen, flehte und rang die Hände, aber die Menge sah ihn finster an.

Ein junger Arbeiter ging auf ihn los und stieß ihn wütend weg.

Schnittler war sprachlos.

Die Menge brüllte auf.

Im selben Momente schlug der Arbeiter, ermuntert durch die Zurufe, Schnittler auf den Kopf.

Schnittler fiel, raffte sich auf.

»Schlagt ihn tot, den Hund!« schrie die Menge.

Mehrere stürzten sich über ihn, aber in diesem Augenblick kam Gordon an.

»Was macht ihr?« schrie er. »Wollt ihr ins Zuchthaus?«

Gordon schien sich einer großen Beliebtheit zu erfreuen, denn die Menge wich zurück.

Schnittler stierte auf die Arbeiter mit unsagbarer Wut. Er hatte sich nicht in seiner Macht. Schaum trat ihm vor den Mund. Er stieß Gordon bei Seite, aber Gordon faßte ihn von hinten und hielt ihn fest.

»Sind Sie verrückt? Wollen Sie denn ermordet werden?«

Schnittler rang mit Gordon; er wollte sich losreißen, um sich auf die Arbeiter zu stürzen.

»Geht doch! Helft bei der Brennerei! Ich gebe jedem einen Taler!« schrie Gordon auf.

Das half. Die Arbeiter stürzten weg, und im Nu war der Platz leer.

Gordon suchte Schnittler zu beruhigen.

»Die Modelle! Die Modelle!« schrie plötzlich Schnittler wie geistesabwesend und lief dem andern Flügel der Fabrik zu, in dem sich die Laboratorien befanden.

Hier standen einige Arbeiter, die müßig dem Brande zusahen.

»Jetzt wird die Fabrik einstürzen!« bemerkte einer.

»Jetzt! Jetzt!« Alle sahen mit gespanntester Aufmerksamkeit hin.

»Wo ist Hartmann?« schrie Schnittler außer sich vor Verzweiflung.

Er hatte vergessen, daß er Hartmann auf zwei Tage beurlaubt hatte.

Er sah sich wirr um, aber die Arbeiter zuckten verächtlich mit den Achseln.

In diesem Augenblick explodierten die Warenvorräte in den Schuppen, die zu der Spiritusbrennerei gehörten.

Ein Meer von Feuer wogte über Hunderte von Metern weit.

Angst und Entsetzen packte die Menge. Alles lief der Brennerei zu.

Gordon sah auf die Uhr. Er entfernte sich langsam und unauffällig, ging von einer Arbeitergruppe zur andern, hörte auf die aufgeregten Reden, hörte das Heulen der Weiber, sah die Angst und die Verzweiflung.

Jetzt werde ich ernten! dachte er und lächelte traurig. Er hatte Mitleid mit den Arbeitslosen.

Er ging nach der Stadt, um die Kirchenglocken läuten zu lassen.

Wronski hatte sich unbemerkt in das Rathaus eingeschlichen. Es war die höchste Zeit. Kurz darauf hörte er zehn Uhr schlagen.

Vielleicht war es auch nicht so kurz darauf. Es war so merkwürdig mit seiner Zeitbestimmung. Manchmal verlief eine Stunde wie eine Sekunde und manchmal konnte sie zur Ewigkeit werden.

Er war ganz ruhig, er verspürte auch nicht einen Hauch von Angst.

Nur seltsame, maniakalische Ideen quälten ihn unausgesetzt.

Er dachte mit Schrecken daran, daß er mitten auf dem Markte Streichhölzer anzünden wollte, weil es ihm vorkam, daß sie ganz naß waren.

»Was wäre aber dabei, wenn ich auf dem Markte ein Streichholz angezündet hätte«, dachte er beruhigt.

Schlimmer war es, als er eine zwingende Lust empfand, an Ostaps Tür anzuklopfen und ihm alles zu erzählen.

Jetzt saß er auf einem Ballen Papier und wartete auf das Läuten der Kirchenglocken.

Was war es nur, daß die Kirchenglocken geläutet werden sollten? ... Natürlich würde etwas mit der Fabrik geschehen. Die letzte Proklamation würde schon ihre Wirkung nicht verfehlen ...

Natürlich werde die Fabrik auch brennen. Selbstverständlich! Er erinnerte sich, daß Gordon ihm das schon öfters angedeutet hatte.

Aber das Rathaus war freilich die Hauptsache.

Er kicherte. Die Idee, daß sich das Rathaus bald in Feuer auflösen werde, kam ihm unendlich belustigend vor.

Natürlich würde das Rathaus nicht niedergebrannt, sondern in das reinigende und verklärende Element des Feuers, des Agni, des heiligen Feuers aufgelöst werden.

Er erinnerte sich plötzlich, daß Botko von Petroleum gesprochen hatte.

Es war doch entsetzlich, daß die wichtigsten Dinge ihm erst nach und nach einfielen.

Er wurde ganz verzweifelt ... Er ging seine ganze Unterhaltung mit Botko durch, merkte aber zu seinem größten Schrecken, daß ihm fast alles entfallen war.

Er sprang auf.

Jetzt hätte er beinahe wieder das Petroleum vergessen.

Er tappte vorsichtig umher.

Richtig! An der Tür stand eine große Kanne Petroleum.

Er nahm die Kanne und hielt sie in den Händen.

Sonst könnte ich sie noch im letzten Augenblick vergessen, dachte er.

Er setzte sich wieder hin und hielt die Kanne krampfhaft mit beiden Händen fest.

Nun war er zufrieden. Er dachte lang und breit über sein archäologisches Thema nach, über die Mühe, als er alle die Papiere hier oben durchsuchte ...

So fiel ihm plötzlich, ganz urplötzlich eine sehr geistreiche Kombination ein über die kunstvollen Löcher, die in die Ziegelsteine des Klosters im 17. Jahrhundert eingebohrt waren ...

Er mußte nun gleich sein Thema ergänzen. Auf diese Kombination war noch kein Mensch verfallen. Die Löcher waren an vielen Gebäuden aus jener Zeit zu finden.

Er entwickelte den Gedanken mit Genugtuung weiter, verfiel aber bald in einen müden, schläfrigen Zustand. Mit einemmal schrak er auf.

Von der Straße her hörte er eine ungewöhnliche Bewegung, er hörte Wagen vorüberrasseln, und in der Ferne ein wildes, abgebrochenes Geschrei ...

Jetzt würde er auch bald das Läuten hören.

Er war ruhig, fast apathisch.

Er hatte ganz vergessen, weswegen er da war.

Er saß so schön. Er fühlte auch nicht sonderlich die Kälte; nein, gar nicht ... Im allgemeinen fühlte er sich ganz wohl; ganz wohl, wiederholte er leise und lächelte zufrieden.

Es war nur sonderbar, daß er sich so schläfrig fühlte. Er brauchte nur die Augen zuzumachen, um gleich, sogleich einzuschlafen.

Warum sollte er nicht schlafen? Er hatte doch so viele Nächte durchwacht.

Er erschrak heftig.

Herrgott! Bin ich denn verrückt?

Er kam in eine unbeschreibliche Erregung. Was war denn mit ihm? War es das Fieber?

Sein Kopf wurde ganz wirr.

Sollte ihn das Fieber ganz und gar übermannt haben, daß er sich so vergessen konnte?

Er bekam Angst, daß er träume, aber plötzlich merkte er, daß er die Kanne krampfhaft in der Hand hielt.

Das brachte ihn vollends zur Besinnung.

Wenn er nur wüßte, wie spät es sei.

Ein krankhaftes Verlangen, zu erfahren, wie spät es sei, quälte ihn mehr als alle seine bisherigen Fieberzustände.

Mein Gott, mein Gott! Wenn ich es nur irgendwie erfahren könnte!

Tausend Pläne fuhren ihm durch den Kopf, wie er es wohl anstellen müßte; da kam er wieder zu sich …

O Blödsinn! Natürlich nur wieder das Fieber.

Dann dachte er wieder an Gordon. Er erinnerte sich plötzlich, daß Gordon ihn hinter der Brücke in den Weidenbüschen erwarten wollte. Also müßte er den gefährlichen Weg an den Giebeln der Häuser den Kanal entlang machen. Er könnte auch von der Brücke aus gesehen werden, wenn er so im Graben herumkroch …

Sonderbarerweise wurde er wegen einer solchen Lappalie garnicht unruhig.

Er wurde ganz verwundert.

Die ganze Geschichte kam ihm so lächerlich leicht vor. Mit grenzenloser Verachtung dachte er über die Angst nach, die er damals ausgestanden hatte. Er wollte garnicht weiter drüber nachdenken. Sonst würde er sich nur über sich selbst schämen müssen.

Jetzt würde er wohl bald das Läuten hören … Lange würde er nicht mehr zu warten brauchen. Das fühlte er deutlich.

Und mit einem Mal erschauerte er. Er begann zu zittern, daß die Kanne hin- und herflog. Er klapperte mit den Zähnen und empfand ein eisiges Frostgefühl.

Jetzt bald! Bevor er bis Tausend zählen könnte.

Kalter Schweiß trat ihm auf den Körper. Er begann zu zählen.

Da – plötzlich – Glocken! …

Sein Herz wollte stillstehn. Hatte er Glocken gehört? Er war nicht sicher. Herrgott! das war wohl nur der Aufruhr seines Blutes.

Er wartete. Eine Ewigkeit verging. Er suchte sich zu bemeistern, vermochte es aber nicht.

Aber das Läuten dröhnte ihm immer stärker in den Ohren; langes, schauriges Stöhnen.

Er horchte auf…

Er irrte sich nicht!

Ganz mechanisch entkorkte er die Kanne. Er schwang sie in der Luft, aber seine Kräfte verließen ihn: er fiel mit dem Gefäß lang hin.

Da wurde er rasend. Er raffte sich auf, goß das Petroleum auf einen Haufen Papier aus, suchte mit bebenden, fliegenden Händen nach den Streichhölzchen, aber er zitterte so, daß er das Streichholz nicht an die Reibfläche ansetzen konnte. Endlich gelang es ihm, das Ding zu entzünden. Er wich mechanisch ein paar Schritte zurück und warf das Streichholz hin; im Nu schlugen die Flammen hoch.

Er stürzte nach dem Ausgang. Aber er vermochte die Tür nicht aufzumachen. Im selben Augenblick erinnerte er sich, wie furchtbar schwer es ihm geworden war, sie zu öffnen, als er vorhin hereinkam. …Er wußte nicht mehr, wie er sie aufgemacht hatte …er war der Ohnmacht nahe …der Qualm erstickte ihn …In Todesangst fuhr er mit beiden Händen an der Tür umher, kratzte sich blutig an den verrosteten Eisenbeschlägen des uralten Schlosses …In wüster Verzweiflung warf er sich auf sie, rüttelte an ihr, schlug mit den Fäusten gegen sie, stampfte mit den Füßen …nichts half.

Da begann er vor Todesangst zu schreien. Wie ein Tier. Daß die Lungen auseinanderrissen. Husten erstickte ihn. Er fühlte Blut herausströmen ...

Die Flammen griffen blitzschnell um sich. Sie leckten schon an seinen Schuhen. Instinktiv riß er die Kleider von sich, warf sie über das Feuer, er versuchte es zu ersticken; er arbeitete mit letzter Anstrengung, raffte alles, was er zur Hand bekam, zusammen und warf es in die Flammen hinein. Er schrie und lachte. Er vergaß die Lebensgefahr. Schon kam es ihm vor, daß das Feuer ersticke. Er trat es mit den Füßen aus, er erwürgte es mit seinen Händen, er kämpfte mit einer tausendköpfigen Hydra – Hydra – Hydra! Aber plötzlich brach es von neuem hervor. Zuerst nur Rauch, dann oben ein Funkenrand, – eine Flammengarbe ... Er hustete auf, als müßte er sein ganzes Innere auswerfen: einen Strom von Blut.

Er schwanke, fiel hin. Eine furchtbare Helligkeit tanzte eine Sekunde lang vor seinen Augen ...

Dann nur schwarze Kreise – und so weich, so versinkend – so ... ach! so ...

VIII.

Gordon hatte seine künstliche Ruhe, die er mit Aufbietung aller Kräfte den ganzen Tag aufrecht erhalten, verloren.

Er saß in den Weidenbüschen an dem Graben und wartete auf Stefan.

Die Zeit kam ihm endlos vor.

Was zum Teufel machten die beiden so lange! War es denn so schwer, einen dummen Schrank mit Hilfe von regelrecht nachgebildeten Schlüsseln zu öffnen?

Ein Hindernis? Plötzlich, unvorhergesehen? ...

Er erschauerte.

Vielleicht war Stefan doch nicht imstande, es zu tun ...

Nun, darauf hatte er sich gefaßt gemacht. Noch eine Viertelstunde werde er warten. Dann würde er selbst hingehen und es tun.

Er überdachte die endlosen Schwierigkeiten.

Es war doch wohl nicht gut, daß er Stefan so viel zugetraut hatte ... Aber nein, das war unmöglich; Stefan würde es sicher tun.

Da mit einem Mal sah er die ersten Flammen aus dem Rathaus brechen.

Er starrte sie an, als hätte er sie nie erwartet. Er war über alle Maßen überrascht. Dann sah er einen wilden Orkan von Licht aufwirbeln; er verlor beinah das Gleichgewicht.

Eine tierische Freude erfüllte ihn. Sein Gesicht verzerrte sich. Er empfand eine maßlose Lust aufzuheulen vor Wonne, er hätte um das Rathaus in wüsten Sprüngen herumtanzen mögen ... Die Lust, vor Freude zu schreien, war so groß, daß er seine ganze Kraft aufbieten mußte, um es nicht zu tun.

Im selben Augenblick fuhr ihm durch den Kopf, was Ostap zu ihm gesagt hatte: Du bist der einzige Verrückte unter uns!

Das brachte ihn zur Besinnung, aber er mußte mit wachsendem Entzücken fortwährend die Flammen betrachten, die nun in ungeheuren Garben aus allen Fenstern hervorbrachen.

Er besann sich, daß er bei dieser künstlichen Tageslicht-Helligkeit entdeckt werden könnte.

Er schlich sich weiter zurück.

So verging wohl eine Viertelstunde.

Jetzt müßte doch Stefan schon hier sein!

Eine unheimliche Angst ergriff ihn.

Sollte er auf der Flucht gefaßt worden sein?

Unmöglich! Alle Menschen waren bei der Fabrik.

Er lauschte gespannt, aber er hörte nur ein dumpfes Geschrei, das näher und näher kam.

Aha! Jetzt hat das Vieh gemerkt, daß das Rathaus brennt.

Er lächelte verächtlich.

Nun hörte er deutlich die Menschen schreien und auf den Straßen herumlaufen; er kroch vorsichtig bis an die Brücke zurück und spähte nach allen Seiten.

Er wartete zitternd. Seine Angst wuchs und wuchs.

Vielleicht war Stefan quer über das Feld nach der Villa gelaufen?

Aber dann müßte er ihn notwendig gesehen haben ...

Er klammerte sich trotzdem fest an diese Idee, obwohl er nicht an sie glaubte.

Aber vielleicht ist er durch die Stadt gegangen ...

Unmöglich, unmöglich! Es war ja alles so eingerichtet, daß er nur diesen einen Weg nehmen konnte ...

Er bekam plötzlich ein unerhört sicheres Gefühl, daß Stefan im Rathaus umgekommen war ... Er konnte kaum gehen. Er ließ alle Vorsicht außer Acht, er fiel in einen solchen Zustand von Verzweiflung, daß ihm jetzt alles – alles gleichgültig wurde. Hätte ihn jetzt jemand gefragt, ob die ganze Zerstörung sein Werk sei, er würde die Frage ohne weiteres bejahen.

Er stutzte.

Würde er dann wirklich »Ja« sagen?

Er erschrak. Was ist denn mit mir?

Er richtete sich auf. Und wieder dachte er an den Kanarienvogel.

Er fühlte sich sehr unangenehm berührt. Es war ihm unendlich peinlich, daß er sich auf einer solchen Schwäche ertappen mußte.

Im Nu wurde er wieder hart und gleichgültig.

Stefan ist wahrscheinlich zu Hause!

Er ging vorsichtig … Nun, die Vorsicht ist ja ganz lächerlich. Die ganze Stadt ist entweder beim Rathaus oder bei der Fabrik …

Er ging zu Wronski hinauf.

Aber auf der Treppe wußte er ganz genau, daß Wronski im Rathaus umgekommen war.

Die Tür stand offen. Er trat hinein und zündete die Lampe an.

Dann ging er in Polas Zimmer.

Die Lampe brannte auf dem Nachttisch, aber Pola war nicht da.

Es sieht so aus, als wäre sie eben ausgegangen, dachte er und setzte sich hin.

Alle Kräfte hatten ihn verlassen, er fühlte sich todmüde.

Auf einmal peitschte ihm die Angst das Blut wieder in den Kopf.

Pola ist doch krank! – Die Befürchtung eines entsetzlichen Unglückes, das Pola treffen könnte, brachte ihn in eine fieberhafte Aufregung.

Sie hat natürlich von dem Brand gehört. Sie wird etwas geahnt haben … Aber, wo soll ich sie nur suchen?

Natürlich ist sie beim Rathaus! –

Er lief auf die Straße. Er dachte garnicht an die Vorsichtsmaßregeln, die er in seinem Plane vorgesehen hatte. Er durfte ja eigentlich jetzt hier nicht gesehen werden …

Ach Blödsinn! Wem wird das jetzt auffallen, dachte er beruhigt.

Alle Straßen waren durch das Menschengedränge versperrt. Die Leute waren von einer grenzenlosen Panik ergriffen, sie schrien und weinten und rannten kopflos umher.

Es verbreitete sich das Gerücht, daß die ganze Stadt verbrannt werden solle. Das Gerücht wurde zur Gewißheit. Gordon kam es vor, als wäre er in eine Hölle hineingeraten. Mit großer Mühe arbeitete er sich bis zum Rathaus durch …

Der Kriegerverein hatte hier Kette gebildet, um Unglück beim Einsturz zu verhüten. Aber die Kette wurde jeden Augenblick durchbrochen: Jeder wollte helfen und richtete nur noch größere Verwirrung an.

Ein Herr schrie, daß man sich beruhigen solle: die Feuerwehr aus der nächsten Stadt sei unterwegs. Aber kein Mensch wollte auf ihn hören. Das Gefühl des Unterganges war so mächtig, daß man nicht zu hoffen wagte.

Aus den Häusern, die an das Rathaus grenzten, warf man Betten und Möbel auf die Straße. In sinnloser Hast versuchte man etwas zu retten, aber schon fielen furchtbare Flammenmassen auf die anliegenden Häuser …

In die Kirche! In die Kirche! schrie ein Mensch … Gott um Gnade bitten …

Die Menge entblößte das Haupt und gleichzeitig erscholl ein entsetzlicher Kirchengesang, wie nur die Raserei der Angst ihn singen kann. Es war kein Gesang mehr, es war ein schluchzender Orkan …

Die Menge wälzte sich zur Kirche. An die Rettung des Rathauses und der anliegenden Häuser dachte niemand mehr. Es war auch unmöglich. Die Spritzen waren so gut wie untauglich, und mit Eimern konnte man nichts ausrichten.

Gordon sah, hörte alles; kalte Schauer liefen ihm über den Rücken. Er wußte nicht, was mit ihm vorging: sein Herz bebte und seine Kehle war wie zugeschnürt.

Er hatte es aufgegeben, Pola zu finden.

Da mit einemmal erhob sich ein brüllendes Freudengeschrei:

Die Feuerwehr! Die Feuerwehr!

Man wußte nicht, woher sie kam. Man glaubte an ein Wunder. Es dauerte keine fünf Minuten, als eine wohlgeschulte Feuerwehr zu arbeiten begann.

Das Rathaus mußte man ruhig niederbrennen lassen; die anliegenden Häuser standen schon in hellen Flammen; es handelte sich jetzt nur darum, die weitere Verbreitung des Feuers zu verhindern.

Aber kaum war eine Viertelstunde vergangen, als die Menge in ein neues Verzweiflungsgeheul ausbrach:

Die Cortumsche Villa brennt!

Gordon bebte vor Freude: Also lebt Stefan!

Es war ihm, als ergieße sich von irgendwo eine fremde Kraft in ihn.

Nun war er wieder stark. Nur Pola mußte er noch finden ...

Herrgott, sie ist natürlich bei Hela! fiel ihm ein.

Er geriet in einen Menschenknäuel, der sich vorwärts- und zurückschob, aber nicht von der Stelle kommen konnte.

Die Nachricht, daß die Villa brenne, hatte die Leute noch verzweifelter gemacht. Es war, als ob die Kirchenglocken noch drohender klagten, der auf ein paar Minuten verstummte Gesang erhob sich mit neuer Kraft und Entsetzen.

Gordon konnte diesen Gesang nicht länger anhören. Er arbeitete sich los und kam durch eine Seitengasse auf den Markt. Der ganze Markt war vollgepfropft mit Menschen; sie knieten um die Statue des heiligen Adalbert und sangen. Heiligenbilder wurden einhergetragen und an die Häuser gehängt.

Das Lied war zu Ende.

Ein Arbeiter fing an, laut die Litanei an die Jungfrau Maria vorzubeten ...

Man hörte nur den Refrain, den die Menge mit Schluchzen und Heulen hervorstieß: Bete für uns! Errette uns!

In jedem Augenblick erwartete man neue Unglücksbotschaften; eine fanatische Untergangsekstase peitschte die Menge in den Wahnsinn. Niemand dachte daran, seine Habseligkeiten zu retten: die Gewißheit, daß die ganze Stadt in Flammen aufgehen werde, hatte alle Besinnung gelähmt. Es wurde ruchbar, daß in einer halben Stunde die Landratur niederbrennen werde. Man erwartete es mit stumpfer Resignation. In einem Fenster flammte ein Licht auf; gleich war man sicher, daß das Haus anfange zu brennen.

Die Panik hatte alle Urteilskraft verstört. Es gab keine Hoffnung mehr. Gott hatte die Stadt verflucht und verlassen. Sie war rettungslos der Feuersbrunst preisgegeben ...

Platz da! Platz! Das Allerheiligste!

Von der Kirche her bewegte sich eine Prozession. An der Spitze der junge Priester mit dem Allerheiligsten unter einem Baldachin.

Ein neuer Gesang, ein neues Verzweiflungsgeheul:

»Wer sich in den Schutz des Herrn begab ...«

Und es wurde still. Man hörte nur das Kommando der Feuerwehr am Rathaus.

Der Priester hatte die Monstranz hochgehoben.

Das Volk warf sich auf die Erde, bekreuzte sich und schlug sich die Brust.

Es war hell wie am lichten Tage.

Gordon stand wie erstarrt an einem Hause, sah dem furchtbaren Schauspiel zu und grübelte. Seine Seele war taub geworden. Er dachte nicht mehr an Pola. Er hatte ein Gefühl, daß Pola aufgehört habe zu existieren. Er wollte nur weg, weit – weit weg ...

Aber wohin?

Natürlich zu Stefan. Jetzt mußte er doch zu Hause sein.

Er dachte mit einer Art Vergnügen daran, daß kein Mensch sich um die Cortumsche Villa kümmerte. Der Hund, der Stefan verhungern ließ, werde den größten Schaden haben.

Er hatte Lust, laut aufzulachen.

Die Verzweiflung der Menschen kam ihm auf einmal so lächerlich vor.

Das bißchen Feuer! dachte er verächtlich.

Das bißchen Feuer! wiederholte er und empfand Ekel.

Der Gedanke an das verächtliche bißchen Feuer verließ ihn nicht wieder.

Er verstand nicht, wie er sich noch vor einigen Minuten durch das Gejammer und das tierische Geheul so erschüttern lassen konnte.

Er schlich sich an den Häusern entlang und kam bald aus dem Markt heraus.

Ostap kann warten! Er kann sich ausruhen nach der Tat ...

Als er wieder die Treppe zu Stefans Wohnung hinaufging, befiel ihn ein Schwindelgefühl. Er mußte sich festhalten, um nicht herunterzufallen, glitt aber einen Treppenabsatz hinab.

Die Tür wurde hastig aufgerissen.

»Stefan!« hörte er Pola schreien.

Er raffte sich zusammen und ging hinauf.

Pola wich entsetzt zurück.

»Du ... Du bist es ...«

Gordon stand vor ihr, ohne ein Wort zu sagen, und lächelte.

»Wo ist Stefan?!« Sie rüttelte an ihm.

»Ist er noch nicht hier?«

»Wo ist Stefan? Er war nicht im Hotel. Du weißt, wo er ist! du – du ... Wo ist er?«

»Ich ... ich weiß es nicht!«

»Du weißt! Du weißt ... Du warst hier ... Du hast mit ihm etwas verabredet ... Ich hörte, wie er sagte: ich kann nicht! ...«

Gordon erschrak und wurde leichenblaß.

Sie starrte ihn eine Weile an. Es war, als wäre das Licht ihrer Augen in einem blutigen Schreck geronnen.

»Hat *er* das gemacht?« Sie zeigte nach dem Rathaus hin.

»Hat *er* das gemacht?« schrie sie mit hysterischem Lachen auf, und ihre Hand streckte sich drohend.

Gordon wich zurück.

»Du hast ihn zum Verbrecher gemacht ... Du! Du!«

»Nein! das alles hat Sobek gemacht!« sagte Gordon mit einer strengen Ruhe. Er verstand nicht, wie er sich so in einer Sekunde hatte sammeln können.

Aber von neuem erfaßte ihn das Schwindelgefühl. Er setzte sich auf einen Stuhl, aber im nächsten Augenblick fiel er bewußtlos zu Boden.

Er hörte Pola schreien; dann fühlte er, daß er etwas schluckte ...

Er erholte sich, nahm ihr die Flasche aus der Hand und trank gierig; es war Cognac.

Er sah, daß sie neben ihm kniete und ihn ängstlich anstarrte.

»Ist dir besser?« fragte sie.

»Es geht bald vorüber.« Er stand auf und setzte sich hin.

»Mein Gott! Wie blaß du bist! Leg dich doch aufs Bett.«

»Nein, danke!«

So saßen sie eine Weile.

»Weißt du nicht, wo Stefan sein kann?«

»Er ist wohl beim Feuer.«

»Aber ich habe ihn überall gesucht ...« Sie fing an zu weinen.

»Ich habe dich auch gesucht, aber es ist unmöglich, jemanden in diesem Gedränge zu finden.«

Langes Schweigen. Pola schien sich zu beruhigen.

»Bist du noch krank, Pola?«

»Ja, ich bin so krank, so krank; mir ist so kalt. Ich habe Fieber.«

Sie schüttelte sich im Fieberfrost.

Er machte Feuer, setzte ihr den Stuhl ans Feuer, rückte ihr ganz nah und nahm ihre Hände in die seinen.

Sie sträubte sich nicht.

»Ich hatte solche Angst, daß du, daß Stefan daran schuld ist ... Ich saß in der Küche und lauschte ... Ich habe solche Angst vor dir ... vor ihr auch ... Sie hat mich so gequält – oh, wie sie mich gequält hat ... Und an dem Abend hat sie so furchtbare Sachen über dich gesagt ...«

Gordon sagte kein Wort.

Sie schnellte auf.

»Sag mir doch ein Wort! Sag doch! Sag!«

»Ich hatte Angst um dich, Pola.«

Sie lachte höhnisch auf.

»Sieh, sieh ... Nur Angst ... Um mich hast du Angst, aber sie, sie liebst du. Nur sie!«

Sie stieß ihn zurück.

»Ich hatte nie Angst ihretwegen.«

Sie setzte sich wieder hin. Sie war erschöpft.

»Es ist so schwer, zu denken. Ich kann die Gedanken nicht sammeln ... Mein Kopf ist so schwer.«

Sie fror und drückte sich an ihn fest.

Er legte leise den Arm um sie. Es wurde ihm nun klar, daß Stefan irgendwie umgekommen sein mußte, aber er war nicht mehr seinetwegen unruhig. Er hatte ihn vergessen, er fühlte nur den armen Kanarienvogel neben sich. Kanarienvogel! Zum ersten Mal kam die Idee ihm schön vor.

Es verging wieder eine lange Zeit.

Pola fieberte. Sie fiel dann und wann in einen unruhigen Schlaf, fragte nach Stefan und schlief wieder ein.

Gordon sah auf die Uhr.

Es war dreiviertel vier.

Nun war er sicher, daß Stefan nie wieder kommen würde, nie wieder.

Er dachte nicht weiter daran. Stefan mußte ja sowieso sterben.

Pola schien ganz das Bewußtsein zu verlieren. Sie sprach wirr durcheinander, lachte, dann weinte sie wieder und klagte über Schmerzen.

Gordon war ratlos.

Was sollte er nur anfangen? Er konnte doch Pola in diesem Zustand nicht allein lassen.

Er legte sie aufs Bett. Sie war ganz willenlos. Sie lächelte ihn nur dankbar an.

Plötzlich besann er sich.

Es war doch selbstverständlich, daß er sie zu sich nehme.

Stefan war tot.

Nun mußte er die Pferde holen.

»Pola!«

Sie machte die Augen auf.

»Ich komme gleich zurück.«

»Was? Was? Geh nicht! Ich habe Angst!«

Sie sah sich wirr um.

»Ist Stefan noch nicht hier?«

»Noch nicht!«

»Oh, wie mir schlimm ist!« stöhnte sie auf und sank wieder aufs Bett ...

Nach einer halben Stunde kam Gordon zurück.

Sein Onkel hatte sich halb verrückt gebärdet, aber Gordon achtete nicht darauf.

In den Straßen war es ziemlich ruhig gewesen. Das Volk hatte sich zum größten Teil verlaufen.

Gordon sah nach den Fabrikanlagen, nach dem Rathaus, nach der Cortumschen Villa hin.

Das bißchen Feuer! zuckte es in ihm verächtlich ... Das bißchen Feuer! Er spie aus.

Eine grenzenlose Apathie bemächtigte sich seiner. Sein Gehirn arbeitete ganz mechanisch. Er wußte nicht, warum er etwas tat. Er tat nur, was ihm grade im Momente einfiel ...

Pola lag in schwerem Fieber.

»Du wirst jetzt zu mir fahren. Ich habe Stefan geschrieben, daß er gleich nachkommen soll ...«

Er sprach es halb in Verzweiflung, denn er war vorbereitet, daß sie darauf nicht eingehen würde.

»Ja. Wo? Was?...«

»Zu mir!«

»Ja ja, zu dir ...Ich bin so krank – so krank ...«

Er wickelte sie in die Decken ein und trug sie hinunter. Die Zimmer ließ er offen stehen. Nun war es ja gleichgültig.

Er legte sie behutsam in den Schlitten.

Unterwegs schien ihr besser zu werden. Die kalte Luft hatte sie erfrischt.

»Und Stefan?« fragte sie ängstlich.

»Er wird gleich nachkommen.«

Ist sie erst bei mir, dachte Gordon, dann wird es leichter sein, ihr alles zu sagen. Warum leichter? Das wußte er nicht.

Aber als er vor seiner Wohnung hielt und sie aus dem Schlitten hob, sträubte sie sich. Sie glitt ihm aus den Händen und warf die Decken weg.

»Ich will nicht zu dir! Ich will nicht!« schrie sie. »Ich will nach Hause. Ich will zu Stefan.«

Gordon bekam einen Anfall von Wut.

»Sei doch vernünftig!« Er knirschte mit den Zähnen und nahm sie mit Gewalt auf seine Hände.

Sie wurde erschrocken und weinte still.

»Oh, oh, du tust mir weh ...meine Glieder schmerzen so sehr ...Ich will lieber allein gehen.«

Sie wankte, aber er stützte sie und machte die Tür zu seinem Arbeitszimmer auf.

»Was...?« schrie Pola mit einer unnatürlichen Stimme und fiel ohnmächtig hin.

Gordon blieb vor Schreck starr stehen.

Mitten im Zimmer hatte sich Ostap an dem Lampenhaken erhängt.

Das Vorspiel als Epilog

I.

»Das Rathaus ist ganz abgebrannt?« fragte Gordon sinnend, ohne Botko anzusehen.

»Als ich wegging, waren nur noch Reste von Umfassungsmauern … Die Cortumsche Villa brennt noch lichterloh.«

»Und alle sind sicher, daß Sobek es gemacht hat?«

»Oh nein! das eben ist das Fatale. Okonek scheint sich verdächtig gemacht zu haben…«

»Das ist freilich fatal«, bemerkte Gordon, schien sich aber nicht weiter dafür zu interessieren.

»Das Geld hat Hartmann?« fragte er dann wieder.

»Das weißt du ja schon.«

»Du hast noch mit Ostap gesprochen, bevor er sich erhängt hat?«

»Ja.«

»Hat er dir gesagt, daß er es tun werde?«

»Ja. Er bat mich, ich solle ihn in Ruhe lassen, denn zu so etwas brauche man viel Ruhe.«

»Wie spät konnte es sein, als er es getan hat?«

»Drei Uhr vielleicht.«

»Also kurz bevor ich kam?«

»Ja. Möchtest du vielleicht Wiederbelebungsversuche anstellen?«

Gordon schwieg.

»Du bist sehr unvorsichtig, Gordon«, bemerkte Botko. »Du solltest jetzt nicht fremde Menschen in dein Haus bringen. Was willst du jetzt mit dieser Kranken anfangen?«

Gordon saß in tiefem Nachdenken.

»Was ich anfangen will?«

Er grübelte.

»Was ich anfangen will? Natürlich nichts. Vorläufig sitzt Michalina bei ihr, und Maciej fuhr in die Stadt nach Mizerski.«

Botko sah ihn erschrocken an.

»Dann müssen wir ihn aber um Gotteswillen wegschaffen!« Er zeigte auf das Sofa.

Auf dem Sofa lag Ostap. Sein Gesicht sah in dem Schatten unheimlich aus. Die Lippen zu einer boshaften Grimasse verzerrt, die Zunge heraushängend, die Augen halb offen.

Gordon schnellte auf.

»Ja, um Himmelswillen! Wir müssen ihn sofort wegschaffen.«

»Aber wohin?«

»In die Scheune. Natürlich in die Scheune. Wir werden ihn im Stroh verstecken und dann die Scheune anzünden. Wie spät ist es denn?«

»Halb sieben … Es wird uns doch niemand sehen?«

»Nein, nein…«

»Na, also schnell! Fass ihn am Kopf!«

Botko packte Ostap an den Beinen.

Gordon starrte Botko eine Weile wie besinnungslos an.

»Nein, *du*, nein! Fass du ihn am Kopf. Ich kann dies Gesicht nicht ansehen.«

»Meinetwegen! Aber zum Donnerwetter, du zitterst doch nicht?«

»Nein, nein!«

Gordon nahm sich zusammen. Er fühlte Scham über seine Schwäche. Er öffnete die Tür nach dem Hofe zu und faßte den Toten mit einem brutalen Griff an den Schultern. Botko nahm ihn stillschweigend an den Beinen.

Sie gingen vorsichtig über den Hof, aber plötzlich strauchelte Botko und ließ Ostaps Beine fallen.

Gordon grinste.

»Geh, öffne die Scheune. Ich werde mir schon Rat mit ihm schaffen...«

Er nahm Ostap auf seine Arme, stieß aber fortwährend mit dem Kopf des Toten gegen eine Wagenreihe, die vor der Scheune stand; er wurde wütend, legte ihn auf die Erde, packte ihn dann unter den Achseln und schleppte ihn so vorwärts. Der Tote schien viele Zentner schwer zu sein. Mit äußerster Mühe erreichte Gordon das Scheunentor.

»Bist du da?« flüsterte er. »So hilf mir doch!«

Sie schleppten nun beide Ostap in die Scheune und verscharrten ihn tief im Stroh.

»Da wird ers warm haben«, grinste Gordon mit leisem Lachen.

Als sie wieder ins Zimmer traten, warf sich Gordon erschöpft auf das Sofa, Botko ging mit großen Schritten auf und ab. Plötzlich blieb er stehen.

»Nun ist es höchste Zeit, daß ich verschwinde. Wenn der Abend kommt, geh ich auf die Wanderung.«

»Du willst nicht sehen, was heute geschieht?« fragte Gordon nachlässig.

»Nein! Ich weiß es im Voraus ... Aber hör! Bevor ich gehe ... Du weißt doch wohl, daß du leicht in Verdacht kommen kannst?«

»Es ist ja nur noch Okonek da«, sagte Gordon.

Sie verstummten plötzlich. Beide wurden unruhig.

»Ich bin neugierig, wie Okonek es morgen machen wird«, sagte Gordon und stand auf.

Botko antwortete nicht. Sie schwiegen lange Zeit.

»Er weiß eigentlich viel zu viel von dir«, sagte Botko endlich ...»Ich sprach noch gestern mit ihm. Er ist ungewöhnlich schlau ...Er könnte sehr gefährlich werden ...Ich habe den Eindruck bekommen, daß er vielleicht auf Erpressungen ausgehen könnte.«

Gordon wurde unwillig, aber Botko ließ sich nicht abschrecken.

»Einem Knecht ist nie zu trauen. Es ist ja sehr leicht möglich, daß er sich selbst verraten wird ...Du weißt ja: dies verfluchte Mitteilungsbedürfnis bei diesen Menschen ...Und heute soll er ja die Rede halten. Er wird zweifellos verhaftet werden...«

Schweigen.

»Vor zwei Jahren hat er sehr getrunken«, sagte Botko nach einer Weile. »Er hat sogar einen Deliriumanfall gehabt. Nicht wahr?«

»Ja.«

»Diese Menschen sind sehr unzuverlässig. Und du warst nicht vorsichtig genug mit ihm. Er ist sehr geschwätzig. Und gar nicht so dumm. Er weiß sogar, daß du in seiner Mordgeschichte wegen Mitwisserschaft bestraft werden kannst...«

»Ich habe für ihn einen Paß nach Rußland«, sagte Gordon sehr unruhig.

»Wie weit wird er damit kommen? Ein Knecht kann nichts damit anfangen.«

»Ich gebe ihm Geld.«

Botko zuckte mit den Achseln und kaute nervös an der Zigarette, die ihm immer von neuem ausging.

»Heute Abend, so gegen zehn Uhr, soll er dich im Wald erwarten, gleich hinter dem großen Stein.«

Gordon starrte erschreckt Botko an.

»Hast *du* ihm das gesagt?«

»Ja.«

Sie sahen sich einen Augenblick lang feindselig in die Augen.

»Du mußt es tun!« flüsterte Botko. »Sonst werden wir alle zu Grunde gehen.«

Gordon setzte sich hin. Er war blaß wie ein Leinentuch.

»Du mußt!« flüsterte Botko nochmals.

»Schweig!« schrie Gordon plötzlich auf.

Sie schwiegen lange ...

»Merkwürdig, daß Mizerski noch immer nicht kommt«, sagte Gordon.

Pause.

»Du hast sehr viel getan, Botko«, sprach er endlich. »Ich hätte es ohne dich nicht vollbringen können ... Meine Energie ist erschlafft ... Man muß ganz frei sein, um dergleichen sicher und ruhig zu vollführen ...«

»Bist du nicht frei?« fragte Botko.

»Bald werde ich es sein ...«

Er stand auf.

»Jetzt mußt du gehen, Botko; der Arzt kann jeden Augenblick kommen. Und sag den dummen Idioten in London, sag nur dem lächerlichen Zentralkomitee«, Gordon lachte höhnisch – »daß ich auf ihre Organisationsgedanken spucke. Sag ihnen, daß ich von ihren Menschheitsideen nichts wissen will. Was ich tue, tu ich nur, um Leben zu zerstören. Sag ihnen, daß mein einziges Dogma Lebenszerstörung ist ...«

»Das werde ich nicht sagen.«

»Du spielst Komödie vor ihnen?« fragte Gordon verächtlich.

»Ja – weil sie dasselbe Vieh sind, das du hier in Bewegung gesetzt hast. Vorläufig brauche ich sie noch ... Vorläufig. Vielleicht werden die Menschen bald Geschmack dran finden, Leben zu zerstören, dann hat man nicht mehr nötig, ihnen eine bessere Zukunft vorzuspiegeln.«

»Vielleicht ...« Gordon grübelte.

»Ja ja, du hast wohl Recht«, sagte er dann plötzlich. »Vorläufig noch ... Vielleicht können wir im nächsten Jahr alles ohne ihre Hilfe machen? Du, der Priester, Hartmann und ich ...«

»Hartmann ist prachtvoll. Nach dem Einbruch philosophierte er ganz ruhig mit Ostap über Bakunin und Schopenhauer. He he ... Beide seien Pessimisten, aber Schopenhauer wolle nicht das Leben hingeben. Bakunin wolle alles unerbittlich zerstört wissen ... Hartmann hat eine fabelhafte Ruhe ... Na ja, leb wohl. Bei Philippi und so weiter ...«

Sie umarmten sich.

Gordon horchte auf: der Schlitten war vorgefahren.

»Du mußt es tun!« sagte Botko eindringlich und scharf.

»Ja!«

Botko verschwand.

Gordon ging in den Flur, Mizerski entgegen. Zu seinem Erstaunen sah er, daß Hela mitgekommen war.

»Hela wollte durchaus mit, um Pola zu pflegen«, sagte Mizerski. »Nun, sie ist ja ein halber Arzt. Aber das arme Mädchen, wie ist sie denn hergekommen?«

Gordon erklärte in kurzen, abgebrochenen Worten. Er wußte kaum, was er sagte.

Im selben Augenblick sah er Helas Augen durchdringend auf sich gerichtet.

»Ich bin Ihnen sehr dankbar, Fräulein, daß Sie gekommen sind ...«

Sie sah weg.

»Wo liegt sie denn?«

Gordon machte die Tür zu seinem Schlafzimmer auf und ging wieder in das Arbeitszimmer zurück. Er war so müde, daß er sich kaum mehr auf den Beinen halten konnte.

»Das ist gut«, murmelte er. »Sonst würden die Erschütterungen mit den Kanarienvögeln nicht so spurlos an mir vorübergehen.«

Und wieder fühlte er die grausame Gleichgültigkeit vom vorigen Abend gegen sich und alle.

Hinter ihm fraß das Feuer die Stadt.

Würde ihn jemand fragen: hast du es getan, würde er unbedingt antworten: Ja.

Ja, ja, tausendmal ja.

Er hatte es sich viel größer, viel mächtiger vorgestellt.

Es ekelte ihn fast.

Er hatte geglaubt, er würde seinen Haß sättigen können, aber er wurde ihm nur zum Ekel.

Wie klein, wie schmutzig das alles! Dies lumpige bißchen Feuer. Dies lumpige bißchen Geld. Das reichte kaum hin, einen größeren Arbeitsaufstand zu arrangieren.

Und die Menschen, wie dumme Bestien in ihren Angstdelirien! Er dachte an ihr Schreien, an ihr Heulen, ihre Prozessionen, ihr sinnloses Hin- und Herrennen.

Lächerlich!

Aber jetzt mußte ers zu Ende führen, um das Große vollbringen zu können.

Er starrte lange, lange zum Fenster hinaus in den werdenden Tag.

Ja, es wurde Tag. Der lächerliche, banale Tag mit seiner Lebensbrunst.

Der Arzt kam.

»Mit dem armen Mädchen steht es sehr schlimm …«

Er wusch sich die Hände.

Gordon sah ihm schweigend zu.

»Nun, was sagen Sie zu dem furchtbaren Brand?«

»Das bißchen Feuer!« Gordon sagte es ganz unwillkürlich.

Mizerski sah ihn aufmerksam an.

»Mit Ihnen scheint es auch nicht gut zu stehen. Sie fiebern ja …«

Gordon wurde es sehr unangenehm, daß der Alte ihn so aufmerksam betrachtete.

»Sie sehen mich wohl schon als Ihren künftigen Patienten an. Damit hat es noch Zeit …« Er versuchte zu lächeln, aber er war so müde, daß er es als Anstrengung empfand.

»Ich will hoffen …« Mizerski zog den Pelz an. – »Na, Hela will hier bleiben. Dagegen haben Sie doch wohl nichts.«

»Ganz im Gegenteil … Ich bin sehr glücklich darüber … Ich werde Sie jetzt begleiten. Muß den armen Wronski aufsuchen.«

Er suchte nach seinem Hut.

»Wird sie sterben?« fragte er plötzlich.

»Das wird sich noch heute entscheiden.«

»Heute noch?«

»Ich glaube.«

In diesem Augenblick fühlte Gordon mit einer seltsamen Sicherheit, daß Pola sterben werde. Und im selben Nu sah er visionär Helas Augen mit einem furchtbaren Vorwurf sich in seine Seele bohren.

Er lachte kurz auf.

»Na, so wollen wir fahren, Herr Doktor.«

II

Gordon schickte den Schlitten nach Hause, nahm einen sehr herzlichen Abschied von Mizerski, ging eine Weile und blieb dann stehen.

Er sollte eigentlich Wronskis Grab besuchen, vielleicht ein paar Betrachtungen über seine Asche auf den Trümmern des abgebrannten Rathauses anstellen.

Zweifellos war Wronski im Rathaus umgekommen.

Gordon erinnerte sich plötzlich, daß er gestern Stefans Wohnung nicht zugeschlossen hatte. Das war ja prachtvoll. Er könnte dort ruhig ein paar Stunden schlafen.

Er lächelte zufrieden.

Er ging und dachte unterwegs mit einer Art Vergnügen, wie viele Verdachtsmomente sich gegen ihn häufen könnten. Man sollte eigentlich doch wissen, daß Pola durchaus nicht, wie er Mizerski erzählt hatte, im Fieberdelirium zu ihm hergelaufen war, sondern daß er sie abgeholt hatte und von Stefans rätselhaftem Verschwinden bereits Kenntnis haben mußte. Dann sollte man auch wissen, daß Ostap sich in seiner Wohnung erhängt und daß dieselbe Wohnung einem rätselhaften Menschen zum Versteck gedient hatte, einem Menschen, von dem Käthe sicherlich würde viel erzählen können ...

Na ja: das alles waren aber keine juristischen Gründe.

Er zerbrach sich nur den Kopf, wie sich wohl der Staatsanwalt das Verschwinden von zwei Menschen erklären würde ...

Von drei, von drei Menschen! Mußte er es wirklich tun?! Ihm wurde entsetzlich schwach in den Knien und er wankte.

Ja, es mußte geschehen. Er wußte es doch schon längst.

Er biß die Zähne aufeinander.

Wer hatte wohl nur die Cortumsche Villa in Brand gesteckt. Wahrscheinlich Wronskis Vetter ... Herrlich, daß dies wenigstens geschehen war ...

Wronskis Zimmer war voll Qualm. Der Docht der Lampe war ganz heruntergebrannt.

Gordon machte das Fenster auf, dann verriegelte er von innen die Tür, ging in Polas Zimmer, warf sich aufs Bett und schlief sofort ein.

Als er aufwachte, war es schon später Nachmittag. Er stand auf, sah sich lange im Zimmer um: der Kanarienvogel lag – krank bei *ihm*.

In der Küche fand er Brot und Butter. Er aß mit großem Appetit.

Dann verschloß er die Wohnung, steckte den Schlüssel zu sich und ging auf die Straße.

Aus der Ferne hörte er ein Geschrei und dann wieder Stille, und von neuem ein lang anhaltendes Gebrüll.

»Aha! Jetzt fängt es an«, dachte er befriedigt. Er war über die Präzision, mit der sich seine Pläne entwickelten, sehr erfreut.

Auf dem Markte drängte sich eine ungeheure Arbeiterversammlung unter offenem Himmel.

Das war etwas Unerhörtes in dieser Stadt. In allen Fenstern sah Gordon Menschen dem ungewohnten Schauspiel mit großer Aufregung folgen.

Okonek stand auf einer Tonne und schrie aus Leibeskräften in die Menge hinein.

Unter den Arbeitern verteilten ein paar Burschen eine Proklamation, die auf rotes Papier gedruckt war.

Hinter jedem Satz, den Okonek hinausbrüllte, schrie die Menge donnernden Beifall. Fieber bemächtigte sich der Menschen. Sie schienen auf den Sinn der Rede gar nicht zu achten. Sie freuten sich nur, daß sie Gelegenheit hatten, ihren Haß und ihre Wut auszutoben.

»Der Hund ist weggelaufen«, brüllte Okonek. »Er hat unsere Töchter geschändet, er hat von unserm Schweiß gelebt, er hat uns das Mark aus den Knochen gesogen, er hat die Fabrik in Brand gesteckt und ist mit den Millionen der Versicherungssumme samt seinen Dirnen nach Amerika durchgebrannt! ...«

Die Menge kreischte und tobte minutenlang.

»Von Schweiß leben – prachtvoll! Okonek hat Humor«, dachte Gordon und lächelte vergnügt.

»Brüder! Brüder!« schrie Okonek mit wilden, wahnwitzigen Gesten. »Was werden wir jetzt anfangen? Woher Arbeit? Woher Brot? Sollen wir verhungern?«

Durch die Menge brachen sich ein paar Polizisten Bahn. Sie schrien und tobten im Namen des Gesetzes, aber die Menge verhöhnte sie und schlug zum Schluß auf sie los; sie verschwanden wie kleine Läuse unter einer Lawine.

»Die Stadt muß uns Arbeit schaffen. Wir verlangen es – wir gehen zum Bürgermeister ...«

»Zum Bürgermeister!« schrie die Menge.

Na, da wird es schön werden, lachte Gordon. Der arme Onkel, die arme Staatsgewalt ...

Okonek raffte sich zur letzten Anstrengung auf. Seine Stimme schien unnatürlich mächtig. Sie gehörte nicht mehr einem Menschen: in dem Fanatismus des Hasses war der Knecht zum Riesen gewachsen.

»Und bekommen wir nicht Arbeit, bekommen wir nicht unser Recht, so werden wir es uns schaffen! Aber jetzt Ruhe, Brüder, Ruhe!«

Er verschwand in der Masse. Der ganze Markt war vollgepfropft. Aber wie auf einen geheimnisvollen Wink setzte sich die tausendköpfige Menge in Bewegung und ergoß sich brausend über die breite Hauptstraße. Plötzlich sah man Fahnen von rotem Tuch auftauchen, irgend jemand stimmte einen Gesang an, in den die vielen Hunderte einstimmten: einen Gesang, den niemand in der Stadt außer den Arbeitern kannte, einen wilden, zähnefletschenden Gesang der Rache: »die rote Standarte«.

Gordon folgte mit. Sein Herz schlug heftig.

Vor dem Hause des Bürgermeisters machten die Arbeiter Halt.

Die lange Hauptstraße war voll von Menschen. Es war ein furchtbares Gedränge.

Plötzlich entstand eine Totenstille. Man hörte nur hin und wieder das Herunterrollen von Jalousien in den Kaufläden, ein ängstliches Verrammen der Schaufenster: die Besitzenden waren offenbar von einer jähen Panik befallen worden.

»Der Bürgermeister raus!« schrie jemand. Und sofort brüllten alle mit heiseren, höhnenden Stimmen: »Raus! Raus!«

Auf den Balkon trat endlich der Bürgermeister, mit apoplektisch rotem Gesicht, sprachlos. Seine Augen rollten wie bei einem Wahnsinnigen in tödlicher Angst. Er konnte das alles nicht begreifen. Mitten am Tage diesen Aufruhr. Von nirgends Hilfe. Und kein Rat: Gordon hatte ihn im Stich gelassen.

Die schwarze Masse, die die Straße füllte, benahm ihm den Verstand.

»Herr Bürgermeister!« begann Okonek. »Hier sind die armen Leute, welche durch die Schurkerei von Schnittler brotlos wurden. Jetzt muß die Stadt Arbeit verschaffen!«

»Arbeit! Arbeit!«

»Ruhe!« brüllte Okonek heiser, und es wurde wieder Ruhe.

»Was? Was?« Der Bürgermeister verstand kein Wort.

»Wir wollen nicht verhungern!« schrie Okonek. »Woher sollen wir Brot bekommen?«

In diesem Augenblick packte den Bürgermeister eine sinnlose Raserei. Er sah die Masse eine entsetzlich lange Hand nach seiner Kehle ausstrecken, er fühlte sich schon überwältigt, gewürgt, von der tausendköpfigen Hyäne in Stücke gerissen ...

»Ihr Hunde!« stieß er heiser hervor – »ich werde euch über den Haufen schießen lassen! ...«

Und da entstand ein Gebrüll und Gewieher von hungrigen, brotbrünstigen Menschenstimmen. Im Nu hatte sich die Nachricht verbreitet, der Bürgermeister habe nach Militär telegraphiert, in Bälde werde man niedergeschossen sein. Das benahm der Menge vollends den Verstand. Der Wahnsinn war entfesselt, der wilde Strom riß alle Dämme nieder.

»Brot! Brot!«

Irgend ein Arbeiter riß die Fensterläden von einem Fleischergeschäft herab: das war die Losung.

Im Nu stürmte die Menge die Fleischer- und Bäckerläden. Türen und Fenster wurden zertrümmert, ein wildes Triumphgeschrei übergellte das Jammern und Stöhnen der Erdrückten und Zertretenen.

Gordon preßte sich an eine Wand. Nur mit äußerster Mühe hatte er sich aus dem Gedränge herausgearbeitet. Er war betäubt von dem Geschrei und seine Seele brannte von jauchzender Freude an der Zerstörung.

Da geschah etwas Furchtbares.

Ein Kaufmann schoß in die Menge hinein.

Die Masse wurde zur tollen Bestie. Alles war vergessen, nur riesengroß in den Himmel hinein wuchs die Rache des Volkes und wälzte sich vernichtend über die Stadt.

Und Gordon wuchs mit. Eine lange nicht gekannte Energie, eine düstere, dumpfe Macht erfüllte seine Seele.

»Das ist das Vorspiel«, sagte er laut vor sich hin.

Das war doch etwas anderes als der lächerliche Brand gestern Nacht.

Das war fast Glück!

Nur mehr noch! Noch mehr! Ganze Städte, ganze Provinzen, ein ganzes Land, die Welt zu zerstören: das wäre das *große* Glück!

Er atmete schwer, er war der Ohnmacht nahe. Vor seinen Augen wurde es schwarz; ein paar Sekunden lang war er blind und taub ...

Er setzte sich auf die Erde hin. Der Anfall ging vorüber.

III

Okonek stand und wartete.

Es war finster und es regnete wieder. Die nasse Kälte machte seine Glieder starr. Er war ganz durchnäßt und klapperte wie im Schüttelfrost mit den Zähnen.

Ihm war ganz wirr im Kopfe.

So hatte er sich die Sache nicht gedacht. Die Vorgänge der letzten Stunden schwirrten ihm in sinnlosem Tanz durch das Gehirn.

Er sah, wie das Volk sich auf die Kaufläden stürzte, wie es plünderte und raubte. Er sah den blutigen, zerrissenen Leichnam des Kaufmanns, der auf die Menge geschossen hatte; er sah das Militär zur Stadt einrücken und die Masse blutig auseinandertreiben .

Und für das alles würde er jetzt natürlich verantwortlich gemacht werden.

Ihm wurde ganz schwach in den Knien vor Angst.

Was hatte er denn so Schlimmes gesagt? Er wollte doch nur den Bürgermeister um Arbeit bitten. Ganz demütig und mit allem schuldigen Respekt hatte er doch gebeten.

Aber dann erinnerte er sich wieder an all das, was er gesagt hatte, wie er die Arbeiter aufgereizt, sie aufgefordert hatte, sich ihr Recht zu nehmen ...

Er konnte nicht atmen vor Angst.

Und er sah sich verraten, gefesselt, ins Gefängnis abgeführt ...

Dieser verfluchte Gordon hatte ihn in dies Unglück gestürzt; aber er wollte nicht für einen Schuldigen leiden, er würde schon alles sagen. Er war betört, zu allem gezwungen ...Das mit dem Förster ...pah: da würde Gordon sich schön hüten, etwas davon zu sagen. Er würde wegen Mitwisserschaft eine schöne Strafe bekommen.

Ihn fröstelte entsetzlich. Er lief in die Runde herum, aber seine Angst wuchs ins Unerhörte und lähmte ihm die Glieder.

Jetzt mußte Gordon ihm helfen –jetzt mußte er helfen, der Halunke.

Im selben Augenblick hörte er einen leisen Pfiff.

Das war Gordon.

Okonek atmete auf...

»Was willst du nun anfangen?« fragte Gordon.

»Sie müssen mir jetzt helfen! Sie haben mich in dieses Unglück gebracht.«

»Wußtest du nicht, was du tust?«

»Ich habe es nicht gewußt. Ich war betört. Ihr sagtet mir, es handle sich um eine harmlose Agitation zu Gunsten der Arbeiter, und es wurde Raub und Mord daraus ...Jetzt müssen Sie helfen! Ich sage es nur zu Ihrem Vorteil.«

»Wieso zu meinem?«

»Sie haben doch die ganze Geschichte angestiftet, und ich war nur ein dummes Werkzeug ...«
Gordon schwieg.

»Was denkst du denn jetzt anzufangen?« fragte er plötzlich.

»Der Fremde sagte mir, Sie würden mir Geld und einen Paß besorgen.«

»So komm.«

»Wohin denn?« Okonek wurde seltsam mißtrauisch.

»Glaubst du, das geht so schnell? Ich werde dich ein paar Tage bei mir verbergen, bis ich dir alles besorgt habe.«

Sie gingen schweigend.

»Wenn man mich jetzt festnehmen sollte, so kann es sehr schlimm kommen«, sagte Okonek plötzlich. Er hatte eine unwiderstehliche Lust zu sprechen.

»Du meinst, daß du für dich nicht bürgen kannst?«

»Oh, Sie wissen nicht, was ein Gefängnis ist. Man wird ganz verrückt. Man sagt alles, weil man glaubt, dadurch freizukommen; man würde seine eigenen Eltern verraten, um nur wieder frei zu werden. Gefängnis ist schlimmer als der Tod. Und dieser Brand, dieser Mord, dafür gibt es Zuchthaus, zwanzig, dreißig Jahre Zuchthaus ...«

Gordon sagte nichts.

Okonek fing es an unheimlich zu werden. Er wollte jetzt nur sprechen, nur sprechen, um seine Angst zu betäuben.

»Die Soldaten haben wohl fünf Stück getötet. Aber das Vieh war ja auch wirklich nicht zu halten. Sie mußten natürlich rauben und plündern und morden ...«

Okonek begann eine lange Verteidigungsrede für sich zu halten.

Er hatte natürlich gedacht, daß sich alles schön in Ruhe werde ordnen lassen; er wollte die Arbeiter nur belehren, was sie zu machen hätten ... Oh Gott, oh Gott, wer hätte sich nur denken können, daß es so kommen würde ...

Er sprach fortwährend, wiederholte beständig ein und dasselbe, schwatzte in die Runde und unterbrach sich dabei mit Ausrufen von Jammer über das große Unglück, in das ihn Gordon gestürzt habe.

Brennen! Die Fabrik eines Wucherers von Arbeitskräften niederbrennen, ja, das sei etwas andres! Das sei so eine Art von Selbstrecht. Aber sich der Aufreizung zur Plünderung und Beraubung unschuldiger Menschen schuldig zu machen ... nein! das gehe nicht. Übrigens wisse er gar nicht, was er gesprochen habe.

Und sollte er jetzt in Stücke zerschnitten werden, nicht ein Wort könne er von seiner Rede wiederholen. Der Fremde habe sie ihm aufgeschrieben, er habe sie dann wie ein Papagei auswendig gelernt ... Der Fremde habe ihm auch die heilige Versicherung gegeben, daß ihm nichts geschehen könne, und jetzt liefen die Soldaten wie verrückt herum und suchten ihn, um ihn zu verhaften ...

»Woher weißt du das?«

»Ich habe doch gesehen, daß viele Leute verhaftet wurden, und die werden schon alles ausplappern. Gott, wie sie singen werden!«

Sie kamen auf eine Moortrift.

Okonek redete sich immer hitziger in sein Gerede hinein. Je mehr Gordon schwieg, desto unüberwindlicher wurde sein Bedürfnis zu reden.

Gordon habe sein ganzes Unglück verschuldet. Seit er den Förster erschossen habe, er mußte ihn ja aus Notwehr erschießen, sei er dem Bösen verfallen gewesen. Gordon solle es ihm nicht übelnehmen, aber er sei für ihn schlimmer als der Böse selber ... Die Agitation für den achtstündigen Arbeitstag und die Hebung der Arbeitslöhne interessiere ihn ja sehr. Gordon wisse auch sehr gut, wie kräftig in der Agitation er gearbeitet habe. Aber so, wie es heute gekommen sei ...

Das war der ständige Refrain. Mit jedem Schritt, den er machte, wuchs die Angst und das Grauen vor etwas Unheimlichem, das ihn erwartete. Es war ihm, als trete ihm jemand beständig auf die Fersen.

Sie kamen jetzt auf einen schmalen Pfad, der zwischen zwei breiten Torfgräben hinlief.

»Wo gehen wir?« fragte plötzlich Okonek und sah sich wirr um.

Im selben Augenblick warf Gordon ihn mit ganzer Macht den abschüssigen Grabenbord hinunter.

Okonek schrie auf wie ein Tier und tauchte unter.

Bei der Wucht, mit der er Okonek hinabwarf, rutschte Gordon mit einem Bein in den Graben, so daß er hintüber zu Fall kam.

Bevor er in dem schlüpfrigen Boden sich wieder aufrichten konnte, tauchte Okonek auf und krampfte sich im Todeskampf an seinen Beinen fest.

Gordon fühlte, wie er mit verzweifelter Kraft heruntergezogen wurde, wie der nasse Torfgrund unter ihm wegrutschte, aber im selben Nu bekam er ein Bein frei und versetzte Okonek einen furchtbaren Stoß gegen den Kopf.

Ein entsetzlicher Schrei!

Gordon arbeitete sich hoch und lief mit Blitzesschnelle um den Graben herum. Auf der andern Seite standen hochaufgeschichtete Torfhaufen, er begann sie mit wilder Hast in das Wasser hinabzuwälzen.

Er bekam die Kräfte eines Riesen. In wenigen Minuten war der Graben an der Stelle, wo er Okonek hinabgeworfen hatte, ganz zugeschüttet.

Dann kam er zur Besinnung. Ihn ekelte.

Nein! Zum Donnerwetter! Zum Totengräber von Knechten war er noch nicht herabgesunken.

Er wartete, ob Okonek am Ende wieder auftauchen würde.

Nein!

Er wollte schon gehen, aber plötzlich dachte er nach, daß das Ganze vielleicht nur ein paar Sekunden gedauert hatte. Okonek könnte also noch am Leben sein.

Er wartete wieder, zählte bis Tausend, um ein Zeitmaß zu gewinnen, wollte dann gehen, aber eine seltsame Angst ließ ihn immer von neuem den Graben bewachen.

Endlich überredete er sich, daß Okonek schon längst ertrunken sein müsse und ging weiter.

Allmählich wurde er ganz ruhig.

Es war notwendig! Es mußte geschehen!

Was war das Leben eines Knechtes wert? Die Rolle, die er ihm zugedacht hatte, war ausgespielt. Er war ja nur das Werkzeug, und der Dietrich verrät zu leicht den Dieb.

Er spie aus.

Nur den Schrei, den furchtbaren Todesschrei konnte er nicht vergessen. Er sauste förmlich in seinen Ohren.

Aber je näher er an sein Haus kam, vergaß er auch allmählich den Schrei. Er dachte jetzt an die Verwüstung einer ganzen Provinz ...Das war sein nächster Plan ...Ha ha, der lächerliche Schopenhauer, der das Leben verdammt und es doch nicht preisgeben will.

Da war Bakunin doch ganz anders konsequent ...

Und wieder dachte er an den Priester, mit dessen Hilfe er Tausende und Abertausende für seine Zerstörungspläne gewinnen wollte, damit nur ja der Hartmann etwas zum Wiederaufbau bekommen könne ...

Und er lächelte.

IV

Als er auf den Hof trat, sah er in seinem Arbeitszimmer Licht.

Pola ist gestorben!

Er wußte es ganz sicher.

Im Zimmer saß Hela mit kranken, weit aufgerissenen Augen. Als er eintrat, sah sie ihn flüchtig an und starrte dann wieder vor sich hin.

Gordons Kleider troffen von Schmutz und Wasser, aber er achtete nicht darauf. Er warf sich todmüde in einen Sessel und sah sie an, ohne sie zu sehen.

»Pola ist gestorben«, sagte sie endlich.

»Ich weiß.«

Wieder verging eine lange Zeit.

»Sie war deine Geliebte?« fragte sie plötzlich.

»Ja!«

Sie lachte kurz auf.

»Warum kamst du denn damals zu mir? Was wolltest du von mir?«

»Ich wollte nicht, daß du dein Bild in meiner Seele durch den Verkehr mit einem Andern beschmutzen solltest.«

»Du lügst!«

»Nein! Als ich zu dir kam, dachte ich allerdings daran nicht; aber als ich dich sah, liebte ich dich wieder.«

»Warum kamst du denn eigentlich?«

»Um Ostap freizubekommen … Er fing an, das Leben zu lieben.«

»Das habt ihr beide getan?« Sie machte eine weite Handbewegung nach der Stadt zu.

Er antwortete nicht.

»Wo ist Ostap?« fragte sie nach einer Weile.

»Er hat sich erhängt.«

Sie war gar nicht überrascht.

So saßen sie wohl eine Stunde lang, ohne ein Wort zu sagen.

»Ich habe heute aufgehört, dich zu lieben«, sagte sie endlich und erhob sich.

Sie gab ihm die Hand.

Er nahm und küßte ihre Hand.

»Ich bin dir dankbar«, sagte er still. »Die Liebe zu dir hat mich hart und verzweifelt gemacht. Ich hätte sonst das alles vielleicht nicht machen können …«

»Leb wohl!«

»Wohin gehst du?«

»Nach Hause.«

Einen Augenblick dachte er darüber nach, daß es Nacht war und regnete. Aber er sagte kein Wort; er wußte, daß es nutzlos war, sie zurückzuhalten.

Bei der Tür blieb sie stehen.

»Sie war also wirklich deine Geliebte?«

»Ja!«

Sie ging.

Gordon saß noch lange, dann erhob er sich mechanisch und wechselte die Kleider. Im Zimmer war eine ganze Pfütze von Schmutz und Kot.

Ekelhaft!

Er ging in das Zimmer, wo Pola lag. Er sah lange das tote Gesicht an und nahm die eiskalte Hand in seine beiden.

Der Kanarienvogel war tot. Nun hatte sie Ruhe.

Draußen begann das Tagesgrauen.

Er starrte hinaus.

Die tote Hand glühte in seinen fiebernden Fingern.

Er sah in der Ferne die dunklen Umrisse der Scheune. Das war das Krematorium, Ostaps riesiges Grab.

Morgen wird er sich im Feuer auflösen! Morgen wird er zu Asche werden, aus der er entstand. Dann bin ich frei zu neuer Tat...